LUZZ

PUBLISHER Anderson Cavalcante
EXECUTIVA Céfara Moraes
COORDENADOR EDITORIAL Nestor Turano Jr.
EDITORA Laura Camanho
EDITORA-ASSISTENTE Érika Tamashiro
ASSISTENTE EDITORIAL Beatriz Furtado
PREPARAÇÃO Victória Gerace
REVISÃO Daniela Mendes e Giovanna Caleiro
PROJETO GRÁFICO Vanessa S. Marine
IMAGEM DE CAPA Joana Fraga
IMAGEM DE MIOLO Augustin Lazaroiu | Adobe Stock

COMERCIAL Vanessa Almeida, Taciane Ferreira, Taíres Pereira e Aline Cruz
COMUNICAÇÃO E MARKETING Leonardo Cavarzam, Isabelle Pelozzo, Rafaella Rhein e Ana Clara Silva de Oliveira
EVENTOS Marisa, Marianno e Rayana Alana
OPERAÇÕES Vera Dantas, Flávio Bombardi, William Araújo, Rafael Valentin e Zeni Martins dos Santos

Nesta edição, respeitou-se o novo Acordo Ortográfico da Língua Portuguesa.

Dados Internacionais de Catalogação na Publicação (CIP)
(Câmara Brasileira do Livro, SP, Brasil)

Prado, Juli
A dimensão eterna / Juli Prado
1ª ed. São Paulo: Buzz Editora, 2025
208 pp.

ISBN 978-65-5393-501-3

1. Ficção de fantasia I. Título.

25-296458.0 CDD B869.93

Índice para catálogo sistemático:
1. Ficção de fantasia: Literatura brasileira B869.93

Aline Graziele Benitez, Bibliotecária, CRB-1/3129

Buzz Editora Ltda.
Av. Paulista, 726, Mezanino
CEP 01310-100, São Paulo, SP
[55 11] 4171 2317
www.buzzeditora.com

Juli Prado

A Dimensão Eterna

A Deus, que me criou; a Cristo, que me redimiu; ao Espírito Santo, que me santifica.

Ao descobrir em mim um desejo que nenhuma experiência desse mundo poderia satisfazer, a explicação mais provável é que eu tenha sido feito para outro mundo.

— C.S. Lewis, *Cristianismo puro e simples*

PRÓLOGO

A vida é um completo mistério, desde o momento em que nascemos até o momento em que morremos. Aprendemos a viver apenas vivendo e, mesmo assim, nunca teremos a dimensão total do mundo que nos envolve. Conhecemos somente o que percebemos com nossos sentidos, ainda assim, existem coisas invisíveis, intangíveis, mas poderosas, capazes de mudar nossos pensamentos, comportamentos, visões e a nossa história.

Vivemos como se soubéssemos viver, como se entendêssemos como as coisas funcionam, e nisso baseamos as nossas decisões e ações até que, de repente, o que tínhamos como certo se torna obscuro. À medida que crescemos, aprendemos que não somos senhores de absolutamente nada e de ninguém. Fazemos planos, traçamos metas, sonhamos e realizamos muitas coisas, mas por vezes, ainda que sigamos rigorosamente cada parte do planejamento, alguns detalhes não dão sinal nenhum de que darão certo.

Um dia, você é apenas uma garota, protegida pelos pais, com bons amigos e certo conforto, então sente que não tem mais ninguém e precisa batalhar para se sustentar e sobreviver num mundo ora justo, ora cruel. Em certas épocas, você acredita saber quem é, para que veio, quais são seus valores e sua ética, em outras, acorda e não mais se reconhece, se perdeu em si, em seus próprios desejos e prazeres.

Alguns de nós fingem que nada acontece, seguem a rotina, satisfazem os prazeres e deixam que a vida os leve conforme quer. Existem ainda os que pensam demais e, sabendo que a vida não pode ser controlada, medida ou profetizada, sentem-se paralisados — ansiosos com o amanhã, vivem com cautela, tentando proteger a si próprios e a quem amam. Assim, sucumbem, aflitos, angustiados e inquietos.

Forças invisíveis, inexplicáveis, continuam agindo e interferindo em nossa saúde, nosso bem-estar, nossos relacionamentos e em nosso destino. Às vezes, tentamos ignorá-las e acreditar no que podemos tocar, mas quando nos damos conta de que perdemos o controle, recorremos desesperadamente a elas, pois, ainda que invisíveis, são tudo o que temos.

Parece existir um mundo em nós e além de nós que interfere em cada detalhe da nossa dimensão ao mesmo tempo em que recebe interferências vindas do nosso plano, um universo oculto que nos movimenta e é movimentado por nossas ações e comportamentos, um "algo" que já havia antes de existirmos e continuará existindo depois de deixarmos esta realidade. Um domínio que não depende de nossas vidas para ser, mas insiste em intervir em nossa realidade porque algo em nós o atormenta profundamente ou o agrada imensamente.

1

Deixe-me apresentar

Meu nome é Camille e hoje já conto meus noventa anos. Neste exato momento, estou olhando no espelho e apreciando cada cabelo branco e as rugas que marcam uma trajetória bem vivida. Cada fio de cabelo sem cor e o rosto repleto de linhas de expressão me fazem relembrar a história de uma mulher que, embora ainda em constante aprendizado, já amadureceu e desvendou muitos mistérios da vida.

Enquanto passo a mão num rosto que dá sinais de cansaço, a minha mente projeta no espelho uma jovem de olhos castanhos, cabelos dourados e pele clara. Minha silhueta fina, já com certa curvatura corcunda, ainda denuncia uma moça que foi extremamente alta e magra em seus dias áureos.

O reflexo desta moça, que ainda tinha uma vida inteira para viver, preocupações acerca do futuro, sonhos que não sabia se seriam concretizados, destoa desta senhora que não se inquieta mais com o que há de vir. Ao contrário, penteio meus cabelos ainda compridos com orgulho da mulher que esta jovem se tornou, dos filhos valorosos que ela criou apesar de não saber exatamente o que estava fazendo, dos momentos gratificantes que experimentou, dos medos que ela superou e, sobretudo, da crença guardada ao longo da sua jornada apesar das armadilhas astutas do seu inimigo "invisível".

Seria, no entanto, totalmente ingrato da minha parte dar todo o crédito da minha trajetória a mim. Na verdade, eu não existiria e nem continuaria existindo após esse plano se não fosse Ele, o meu Criador. Sim, a menina despreparada não somente teve auxílio como foi literalmente sustentada pelo Idealizador do seu propósito, sempre fiel ao que lhe propôs e prometeu. Não somente porque Ele não podia negar a si, mas sobretudo porque a amava.

Sendo assim, aqui estou eu, com uma profunda vontade de reviver as memórias e os tempos que não voltarão, mas especialmente grata por tê-las vivenciado e gostaria de convidá-lo, caro leitor, a me acompanhar ao passado. Essas memórias me ensinaram sobre a existência de um mundo que, sem saber, eu rejeitava, mas que agora terei o prazer de apresentar a você, de te ensinar a enxergar além do que os olhos podem ver e finalmente abrir a sua visão para não ser enganado por sua frágil e passageira visão de mundo.

Em cada leitura deste pequeno, mas extremamente importante momento da minha vida, você verá a nossa e a outra dimensão por uma perspectiva nunca experimentada. A partir de agora, meu amigo leitor, devo alertá-lo, talvez nunca mais enxergue a sua vida da mesma maneira.

Qualquer semelhança com uma certa crença é mera coincidência ou, quem sabe, proposital da minha parte.

O INIMIGO

Devo dizer que estou extremamente revoltado e zangado por este livro ter chegado em suas mãos. *Eu te odeio tanto quanto o dia em que eu soube que você fazia parte de um propósito para existir*. Eu fiz de tudo para que essa velha não vivesse, não experimentasse deste mundo e não sobrevivesse para contar esta história. Assim como tentei impedir o momento do nascimento e da entrega do Redentor, tentei impedir que essas palavras chegassem até você.

Devo dizer que tive um trabalhão para tentar destruir todos os antepassados da Camille: guerras, pensamentos abortivos, abusos, doenças, enfim, fiz de tudo para que ela não tivesse a oportunidade de existir. Tudo isso para que ela não escrevesse esse maldito livro e ele não chegasse até você, odiado leitor. Perdi anos do meu sofrimento eterno para evitar que você chegasse até aqui e ainda tenho tentado te distrair para não pegar este livro nas mãos, mas aqui está você, insistentemente resistindo às minhas tentações e folheando estas páginas.

Não sou do tipo que aconselha, o único motivo real da minha existência é impedir que os seres humanos tenham uma vida rendida — a não ser os que vivem para si próprios e se tornam meus instrumentos para destruir a vida de outros — esses eu conservo vivos e até lhes dou muitas regalias. Apesar disso, sinceramente, embora eu não saiba o que é sentir misericórdia, gostaria de orientá-lo a não continuar esta leitura: é melhor se manter ignorante em relação a certos conhecimentos, pois tal sabedoria traz responsabilidades.

Aproveitando, antes que desista de continuar, deixe que eu me apresente: meu nome é Paigus e sou o inimigo dos filhos. Fui banido do meu lar junto com outros colegas porque nos revoltamos contra o nosso Criador. Agora detestamos todos a quem Ele chama para morar com Ele, por isso nos movemos para atrapalhar a vida deles e, principalmente, impedi-los de desfrutar aquilo que nunca mais desfrutaremos.

Eu e meus colegas — se é assim que podemos nos chamar — somos divididos organizadamente, cada um com uma função, um poder ou uma esfera de atuação. Já lhe aviso que não pertenço às menores castas — se existe algo de que devo me orgulhar, além de ser o orgulho materializado, é da minha posição, pois pertenço a um grupo seleto de casta maior.

Eu não tenho rosto, não saio por aí arrastando correntes ou gritando à toa, ao contrário, sou bem discreto. Quando me materializo humano, gosto de me apresentar de terno e um belo sapato preto, além disso, é impossível descrever com detalhes a minha face. Não sou comissionado para tentar os pequenos, mas para destruir os grandes — aqueles que nasceram para fazer barulho e que muito atrapalham o nosso trabalho.

Bem, já chega de conversa, nem sei por que perdi tanto tempo falando com você, tenho mais o que fazer e mais histórias para interferir. Mas, para não perder o maravilhoso rótulo de pai da mentira, preciso alertar: nada do que falarei é com intenção verdadeira, se me escapar alguma verdade, será por algum devaneio da minha parte ou porque, de fato, não posso negar o que realmente é.

2

A outra dimensão

Aos oito anos, tive o primeiro contato com um universo desconhecido e, sendo bem honesta, foi um tanto assustador para uma garota da minha idade. Eu era uma criança comum, criada em um ambiente de Comunidade, estudava em uma escola confessional e praticamente todos os meus amigos também possuíam as minhas crenças.

Eu era uma menina sem outras experiências senão a de ser criada em ambientes acolhedores, com pessoas amáveis e uma família quase perfeita. Sim, eu sei que a perfeição não existe, mas, aos dezoito anos, podia dizer que tive uma infância privilegiada: sem abusos, grandes traumas ou medos.

Não pretendo discorrer sobre a minha infância, talvez em um momento mais oportuno eu lhe conte mais detalhes, mas há um episódio que preciso descrever, no qual fui despertada para uma realidade que não sei se estava preparada para compreender, mas que abriu meus olhos para um mundo totalmente desconhecido.

Era um final de semana quando algumas amigas e eu fomos passar um dia na chácara do avô de uma delas. Decidimos fazer uma brincadeira muito comum na nossa infância: a diversão consistia em fingir que estávamos na Comunidade, e então imitávamos cantores, ministradores e, claro, dávamos as mãos e conversávamos com o Soberano. Sim, para nós era apenas uma brincadeira, uma imitação da nossa rotina nos finais de semana, mas algo fugiu do esperado.

Enquanto nos dávamos as mãos e "imitávamos" uma conversa com o Divino, minha melhor amiga, de apenas seis anos, começou a falar em uma língua que não era a nossa. Um pouco mais velha e com a racionalidade já mais aflorada, pensei que ela estava confundindo a brincadeira. Aquilo definitivamente não fazia parte da nossa rotina, e eu nunca havia visto alguém falar daquele jeito, só podia ser uma invenção doida de uma criança cuja criatividade de repente tinha passado dos limites.

A falação dela durou alguns segundos até que algo real parecia estar acontecendo: ela soltou nossas mãos, lançou-se ao chão, debruçou-se sobre os joelhos e, ainda com a língua enrolada, começou a chorar como se estivesse diante de alguém que não conseguíamos enxergar. Nem eu nem as outras amigas entendíamos a situação, mas eu estava especialmente assustada: era a minha melhor amiga!

Saímos correndo e chamamos os adultos para nos socorrer. Quando eles chegaram perto dela, eu me afastei e não tenho mais lembranças do que aconteceu a partir disso. Assim, a mente de uma menina de apenas oito anos ficou marcada para sempre por aquela cena, como se eu também tivesse recebido um recado: existem coisas que não são apenas brincadeiras e existem comportamentos que podem dar acesso a um mundo desconhecido, invisível, porém não menos real.

O INIMIGO

Nós já sabíamos que aquela família não era como as outras, seria muita idiotice da nossa parte dizer que foi uma surpresa. Não somos oniscientes — seria muito proveitoso ter esse poder, pois todos os nossos problemas seriam resolvidos —, no entanto, o fato de não saber o futuro não significa que não somos capazes de acertá-lo com precisão — dentre as nossas grandes habilidades, devemos nos gabar de sermos extremamente astutos.

Enquanto os medíocres humanos não sabem para que existem, se sentem fracos, sem valor, vivem brincando de viver e acham que a realidade é apenas o que podem enxergar com aqueles olhos míopes, nós arquitetamos o fim de sua miserável existência. Sempre estamos atentos aos sinais do "outro lado" e às interferências que ocorrem na vida deles. Existimos para garantir que o fim deles seja tão amargo quanto o nosso e, por isso, em todo o tempo, geração após geração, premeditamos os mais audaciosos planos para destruir cada um.

Para alguns humanos damos prazeres, sensações de alegria e bons vícios — não porque queremos o bem deles, jamais!

Na verdade, os agradamos por apenas duas razões: ou porque possuem mentes tão fracas que trocariam qualquer valor por um vislumbre de prazer ou porque já temos alguns para nós com tanta convicção que chegam a trabalhar em nosso favor. Os primeiros, queremos que morram logo, quanto antes morrerem, menores as chances de conhecerem o nosso inimigo; os demais, queremos que vivam o máximo possível. Quanto mais tempo naquele plano, mais estrago na vida dos outros eles farão.

Enfim, seja como for, preciso contar como vim parar neste maldito enredo: um dos meus desígnios especiais foi cuidar da família de Camille. No início, fiquei extremamente chateado de ser designado para essa missão. Com a bela reputação que criei manipulando políticos, governadores e reis, ser comissionado para uma família comum fez com que eu me sentisse totalmente desmerecido pelo meu senhor. Eu, que influenciei colegas contra o Divino na grande batalha e que sempre encabecei as grandes guerras, fui convocado para cuidar de uma família qualquer. Perguntei-me se não seria essa uma missão para as menores castas, um desafio para aqueles chifrudos, arrastadores de correntes e arruaceiros... senti-me muitíssimo envergonhado!

No entanto, tão astuto como sou, observando as interferências dos celestiais nos antepassados desta família, as vigílias para protegê-los e as "coincidências" claramente propositais e cuidadosamente desenhadas pelo Soberano para eles, entendi que essa descendência era mais desafiadora do que qualquer missão para a qual eu já havia sido comissionado: uma vida comum, uma família comum e uma garota comum, o mais belo disfarce!

Os arruaceiros jamais perceberiam isso, já que só os astutos notam que os grandes propósitos estão nos mais simples começos — já vimos isso muitas vezes na história, principalmente na trajetória humana Daquele cujo nome não consigo falar.

A convicção acerca da importância da minha incumbência se concretizou quando aquelas *menininhas* estavam brincando, já que Ele se deixou ser acessado por elas. Confesso que essa foi uma das poucas vezes em minha trajetória em que fui surpreendido, já que eu não esperava que isso fosse acontecer tão cedo, mas Ele estava lá. Quando senti a presença celeste, tentei impedir, visto que quanto menos soubessem sobre o nosso mundo, melhor — a racionalidade é uma das nossas maiores armas. Ousei tentar impedir a abertura do portal, mas infelizmente não era um celestial com o qual eu pudesse medir forças — era Ele, o próprio Redentor. Só me restou me afastar e assistir à cena de muito, mas muito longe, e a partir dali traçar as minhas mais complexas estratégias para destruí-las antes que crescessem.

3

Onde tudo começa

O ano era 2008, e eu já não acreditava em tudo e em todos pois, ainda que eu tivesse apenas dezoito anos, já havia passado por algumas perdas e situações traumáticas que me fizeram questionar se o Soberano realmente existia e, se existisse, por que permitia o sofrimento.

Eu não perdi totalmente a minha crença, mas estaria mentindo se não confessasse que às vezes questionava alguns pontos. Por vezes, me perguntava se tudo o que a Lei descrevia era realmente verdade: "Como poderia um homem sobreviver dentro de uma baleia?". Será que as experiências que acreditava serem sobrenaturais eram reais ou não passavam de um momento criativo, uma ilusão involuntária da minha mente, baseada naquilo que ela foi formatada para acreditar?

Enfim, esses questionamentos vinham e iam, mas eu logo tratava de mudar o curso dos meus pensamentos para outras preocupações, pois eu tinha a sensação de que refletir demais sobre o assunto significaria trair a única coisa da qual estive certa em toda a minha vida, e retirá-la da minha crença seria desastroso.

Conforme mencionei, tinha um biotipo diferente do padrão para as garotas da minha idade e, por isso, sempre chamei a atenção das pessoas por ter um corpo e um rosto considerados ideais segundo a moda da época. Ano após ano, eu escutava a mesma pergunta das pessoas mais aleatórias: "Você não pensa em ser modelo?".

Eu recebia com certa frequência a mesma enxurrada de opiniões sobre essa carreira, então comecei a pesquisar mais sobre o assunto. Quanto mais pesquisava e pensava, mais começava a sonhar com esse universo, afinal, eu tinha a chance que todas as meninas da minha idade gostariam de ter e não deveria desperdiçá-la.

Segui buscando e pesquisando mais e mais sobre essa nova realidade e até mesmo consegui alguns trabalhos na minha cidade, como editoriais de moda e de joias e alguns desfiles para as lojas da região. Aos poucos, meus pais notaram que eu tinha "jeito" para a carreira de modelo e os convenci a me apoiarem nessa jornada.

Antes de mais nada, preciso apresentá-los a vocês: meu pai se chama William e minha mãe, Ellen. Sou suspeita para afirmar, mas são as pessoas mais admiráveis que eu conheço. Os dois vieram de realidades humildes, meu pai era filho de um mecânico e de uma dona de casa, enquanto minha mãe era filha de um pai alcoólatra e de uma secretária de escola.

Meus pais se entregaram a nossa crença quando adolescentes e, inclusive, se conheceram na Comunidade que frequentavam. Ambos alegavam ter tido experiências incríveis ao longo da vida e decidiram me criar nesse ambiente. Sinceramente, eu não reclamava, tive uma boa infância e adolescência, só me perguntava às vezes se o meio no qual fui criada não poderia ter sido um pouco menos "confessional", se é que me entendem. Ter as minhas próprias experiências e visão sobre a vida não seria tão ruim e, para ser sincera, ocasionalmente acreditava que minha juventude seria um tanto mais interessante.

De qualquer modo, lá estava eu, visitando uma série de agências na cidade grande junto com outras moças, tentando conseguir uma chance de viver esse sonho. Um dos avaliadores, enquanto tirava as minhas medidas e fazia algumas fotos, parecia estar interessado em mim. Ele era de outro país e falava inglês com alguns representantes da agência no Brasil. Meu inglês não era fluente, mas eu já havia feito aulas por alguns anos e conseguia conversar com certa facilidade, assim, ao prestar atenção no diálogo entre eles, entendi que estavam pensando na possibilidade de eu passar uma temporada em Paris, na França.

Após muita conversa, me fizeram a proposta de passar três meses na conhecida Cidade Luz. Dentre tantas garotas, eu fui a única convidada e me senti especial por isso. Apesar do frio na barriga, decidi acreditar que uma chance dessas não era nada comum e que estava sendo premiada pela vida e pelo Soberano com a oportunidade de experimentar algo que as minhas colegas adorariam vivenciar.

Na verdade, sentia que o correto seria ir para a faculdade, mas quem teria a chance que eu estava tendo? Preferia me arrepender do que fiz a passar toda a minha vida me perguntando como teria sido se me permitisse arriscar um pouco mais.

Conversei com meus pais, e minha mãe, em especial, não pareceu muito animada.

— Filha, você tem certeza de que quer ir? Nós te apoiaremos em tudo o que você decidir, mas não estou com um pressentimento muito bom sobre esta viagem — disse ela.

— Mãe, você sabe que é o meu sonho e, além do mais, eu estarei segura com eles. Se eu não for, vou me arrepender para sempre de não ter vivido essa experiência. Só vou saber se vai dar certo ou não se eu tentar.

— Nós te amamos filha, sempre conte conosco em tudo o que precisar. Eu e sua mãe ficaremos com muita saudade, mas nos sentiremos felizes por você e orgulhosos da nossa menininha — disse meu pai.

A viagem acabou sendo marcada para o mês seguinte, e confesso que eu era totalmente leiga no assunto. Eu não sabia onde ficaria hospedada, quem seriam as minhas companheiras de casa, qual a rotina de uma modelo internacional e, apesar de ter tido algumas experiências com editoriais e desfiles locais, a realidade não se comparava à das modelos acostumadas com megaeventos e fotos para marcas internacionais. Mas estava disposta a aprender e a vivenciar este novo universo, pois tinha a sensação de que havia sido chamada para isso e de que havia sido escolhida para brilhar nesta terra.

O INIMIGO

Eu nunca tive tanta dificuldade em intervir e atrapalhar a vida de alguém como a desta menina miserável. Em todas as situações em que tentei agir contra a família e a saúde dela, recebi uma enorme resistência. Como amo dizer — e meu orgulho aumenta a cada vez que eu repito —, não sou qualquer um: foi-me dada uma perspicácia muito maior do que a dos meus colegas, além de eu possuir habilidades extremamente poderosas para interferir na vida dos humanos.

De início, tentei contra Camille como tento contra a grande maioria dos filhos: matando. Comecei pedindo permissão ao Soberano — sei que é uma vergonha um ser tão poderoso como eu pedir permissão para o adversário, mas infelizmente é algo que não posso controlar. Existem leis neste mundo e no outro que não podem ser transgredidas e, ainda que a minha especialidade seja quebrar regras, contra a força Dele eu não posso.

Cheguei, acreditem, a levar a mãe dela a pensamentos abortivos enquanto ela gerava Camille e tentei até mesmo interferir em alguns momentos da gestação, mas sempre que parecia que eu ia conseguir, recebia um recado dizendo que não possuía tal concessão. Nunca senti tanto ódio de um filho como senti desta mocinha, afinal, o que Ele vê nela que a torna tão digna de proteção?

Já tracei inúmeras possibilidades e explicações para tanta dedicação e "amor" do Divino por essas criaturas, mas não cheguei a nenhuma conclusão. Ele poderia muito bem viver sem essas pessoinhas que insistem em negá-Lo, pois não precisa de nenhuma delas — são um trabalho totalmente desnecessário. Enfim, existem mistérios sobre o Soberano, sobretudo no que diz respeito a tal *amor* pelos humanos, que eu não consigo explicar. De qualquer forma, já me basta aproveitar e me divertir enquanto ainda posso atormentá-los.

Voltando à miserável Camille, considerando que não consegui nada contra a vida dela, tentei contra a saúde da garota. Não existe nada mais poderoso para abalar a crença de alguém quanto fazer com que se sinta frágil e desprotegido por aquele a quem chamam de Pai. Infelizmente, como eu já disse, todas as vezes que levei meu amiguinho Enfermidade para atacá-la, ele encontrou forte resistência por parte dos celestiais, eles sempre estavam lá, em bandos, formando um acampamento e revezando entre si para protegê-la.

Já observei também os pais de Camille pedindo pela saúde da garota ao Divino, talvez por isso ela fosse tão protegida. Já cheguei a pedir ajuda para o meu senhor, mas ele negou — disse que insistir em atacar a saúde dos filhos poderia se tornar um problema, isso porque alguns como ela, quando doentes, movem outras pessoas que movimentam ainda mais o nosso mundo através das suas petições e, então, mais celestiais aparecem por aí, capazes até mesmo de acrescentar mais convicção a cada filho.

Deixei muitas ideias de lado, pensei e repensei até que, finalmente, após muito vasculhar, encontrei uma brecha tão pequena e ao mesmo tempo tão poderosa na vida da garota: a mente dela. Sim, finalmente encontrei um pote de ouro no final do arco-íris — uma mente aparentemente frágil e um tanto questionadora.

Já que eu não podia destruir a menina, nada me impediria de fazê-la se autodestruir. Confundir, enganar e manipular a mente das pessoas são as minhas especialidades, e eu poderia usá-lás contra ela.

Vez ou outra eu incuti algumas dúvidas e questionamentos sobre a sua crença na mente da menina, disfarcei essas incertezas com justificativas lógicas e racionais e vagarosa e pacientemente as plantei em sua mente.

Nós, caídos, tivemos um grande trabalho ao longo da história para fazer os humanos acreditarem que tudo aquilo que não podem sentir, tocar ou experimentar não é real. Chamamos isso de razão e promovemos essa ideia através de grandes referências de "pensadores" e "influenciadores". Mal sabem eles que *a razão é mais uma invenção nossa*, a mais falsa alegoria que já conseguimos criar.

Eu havia traçado um complexo, lento e sutil plano contra a mente da Camille, mas não me importei com a dificuldade e a demora para executá-lo, afinal, não tenho pressa, a única coisa que me importa de fato é o resultado, e enfim chegou a ocasião que eu havia cuidadosamente arquitetado para finalmente tocá-la.

4

A armadilha

Lá estava eu com meus pais no aeroporto, rumo a minha primeira viagem internacional, um assunto em que tentei não pensar muito ao longo dos últimos dias, pois estava um tanto ansiosa para viver algo totalmente novo. Sempre fui apegada a minha família, e a ideia de passar tanto tempo longe, me aventurando em uma carreira misteriosa e imprevisível, era aterrorizante.

Já no trajeto até o aeroporto, comecei a repensar minha decisão, por pouco não desisti, mas evitei ao máximo olhar para os meus pais, pois eu sabia que caso eles percebessem a mínima insegurança da minha parte, diriam que achavam melhor eu não ir.

Fizemos o check-in, despachamos as malas e ficamos juntos até o último minuto. Finalmente a hora do embarque chegou e, com ela, a tão difícil e triste despedida. Meu pai estava com um semblante calmo e confiante, até que ele olhou nos meus olhos e disse:

— Voe, minha filha, nós te apoiaremos em todas as decisões e estaremos aqui caso queira voltar.

Me despedir da minha mãe foi especialmente desafiador, não porque a amo mais, mas porque sei que ela sofre mais com os momentos de separação. A vontade dela sempre foi que eu vivesse debaixo das suas asas, onde ela poderia me proteger e cuidar de mim, independentemente do que estivesse passando.

Fitei os olhos dela, mas não me fixei neles por muito tempo, estavam claramente vermelhos e lacrimejantes. Concentrei-me em abraçá-la e senti o seu corpo trêmulo e vacilante.

— Te amo — disse ela, num esforçado sussurro, e me soltou, como se quisesse abreviar o momento de dor.

Peguei a minha mochila, dei as costas a eles e segui rumo ao embarque. Ora insegura, ora confiante, fechei os olhos e pedi ao Soberano que tudo desse certo.

Já dentro do avião, ao ligar dos motores, pensei: *agora não tem mais volta*. À medida que o avião, no mapa da tela a minha frente, se distanciava da origem, me convenci de que precisava me abrir para um novo mundo e para novas experiências. Decidi não me ater à saudade e criar boas expectativas com relação à viagem e segui com a certeza de que eu poderia voltar para o ninho quando quisesse.

✦

Finalmente, após uma longa viagem, cheguei ao destino. Embora eu soubesse inglês, o aeroporto possuía uma sinalização confusa e demorei um pouco a encontrar o caminho da saída. Graças ao instinto primitivo de todo ser humano, segui o fluxo das pessoas até encontrar a esteira com as malas.

Como não estava habituada a viajar, levei duas malas grandes, uma com os sapatos e a outra com as roupas. Um grande erro: se alguma das malas extraviar, corre-se o risco de ficar sem as roupas ou sem os sapatos.

Peguei uma das malas e percebi que a outra não aparecia na esteira. Esperei por cerca de uma hora e nada! A esteira esvaziou, olhei para os lados, conferi os números dos voos repetidas vezes até que desisti e, mais uma vez, enfrentando a barreira da língua, precisei procurar alguém para me auxiliar.

Finalmente uma atendente me explicou que a minha mala havia sido extraviada. Na verdade, foi uma das poucas coisas que ela falou que eu entendi, já que embora ela falasse em inglês, explicava rapidamente e com sotaque forte. As demais justificativas como para onde a mala foi ou em quanto tempo a devolveriam, bem, isso ficou apenas na minha imaginação e expectativa, o importante para mim era não ficar sem ela por muito tempo, até porque eu só tinha os sapatos que estavam nos meus pés.

Quando me direcionava à saída do desembarque, observei inúmeras pessoas falando outras línguas e, em uma fração de segundo, percebi a dimensão de estar em outro país, sem saber a língua nativa, longe da minha família e sem ter a mínima noção dos desafios que enfrentaria naquele lugar. Respirei fundo mais uma vez e, assim como tinha feito dentro do avião, lembrei das minhas raízes e de que esse não era um caminho sem volta. Continuei rumo à saída, atenta a qualquer pessoa que fizesse um sinal para me receber.

Não precisei andar muito até um rapaz alto, com fisionomia leste-asiática, cabelos pretos bem lisos e pele clara fixar os olhos em mim e, com um sorriso e um olhar extremamente simpáticos, acenar e exclamar bem alto, em inglês, para que eu o escutasse:

— Ei, moça! Você é a Camille?

Fiz que sim com a cabeça e me desconcertei com a beleza do rapaz. Ele possuía características físicas totalmente diferentes de qualquer outra pessoa que eu havia visto na minha vida, o que me fez pensar que ele também seguia a carreira de modelo.

Muito cordial, ele estendeu as mãos assim que me aproximei e se apresentou:

— Eu sou Léo, muito prazer, recebi a incrível missão de te buscar. Me dê a sua mala, deixa que eu a carrego para você, esses bracinhos finos não devem aguentar muito peso! — Então ele abriu um sorriso muito claro, como quem tenta quebrar o gelo com uma moça desconhecida.

— Obrigada — eu disse, desconcertada com a situação, e retribuí o sorriso como quem entendeu a piada.

Fomos até o carro dele e, mais uma vez cheio de cordialidade, abriu a porta para mim — o carro era preto e tinha vidros escuros. Ao entrar, observei também como era espaçoso e luxuoso por dentro e pensei em quanto custaria um carro bonito e confortável daquele. Depois, fixei novamente os meus olhos em Léo e, brevemente, me senti acolhida e não tão sozinha.

O INIMIGO

Eu não sei por que o Divino fez Camille com características físicas tão peculiares, sinceramente — se é que pode existir sinceridade no que eu digo. Não ouso dizer que Ele errou, pois Ele nunca erra, então Ele deve ter tido bons motivos para fazê-la chamar tanta atenção dos outros seres humanos.

De qualquer maneira, não estou aqui para julgar os motivos Dele, *eu existo para perverter o que Ele faz de bom*. Ainda que tudo o que o Soberano faça na vida de um humano tenha excelentes propósitos, desde a família, as condições financeiras e culturais, até características emocionais e físicas, eu sou astuto em distorcer a visão que cada um tem de si mesmo.

Dentre as grandes capacidades das quais me gabo, certamente confundir a identidade dos fracotes é uma das mais impressionantes. Até mesmo a beleza de Camille pode ser usada contra ela. Se tudo for bem pensado e arquitetado, sou capaz de tornar as características físicas dela uma cilada para a sua grande ruína.

Desde que fui designado para acompanhar a garotinha, plantei na mente das pessoas que a conheciam, e até mesmo das que a viam pela primeira vez, a ideia de que ela tinha o biotipo ideal para ser uma referência de beleza. Sutilmente lançava em cada pessoa esta pequena ideia que logo externalizavam para ela e para a sua família, a ponto de pouco a pouco serem convencidos de que ela era perfeita para seguir uma carreira destinada a uma seleta quantidade de moças e que poderia lhe trazer não somente bons retornos financeiros, mas grande influência.

Não foi difícil convencer Camille de que ela havia nascido para ser modelo — a identidade dos adolescentes ainda não está totalmente formada, eles são facilmente levados pela necessidade de aprovação social, senso de pertencimento e busca por referências.

O mais trabalhoso, confesso, foi convencer os pais dela da narrativa que eu preparei. Não fiz isso sozinho, contei com a ajuda de um colega que já era responsável por observá-los e conhecia muito melhor que eu suas fragilidades. Enfrentamos resistências para nos aproximar dos pais de Camille e dar a eles algumas sugestões, porque os celestiais estavam vigiando, mas, como já disse, não temos pressa e, nas horas oportunas em que estavam despidos de suas armaduras espirituais, plantamos falsos argumentos em suas mentes até que permitissem que chegássemos a este tão esperado momento.

Não é novidade nenhuma que no mundo animal o predador afasta a presa de seus pais e do seu grupo. Se o predador não possui força contra o grupo que cerca o filhote, ele espera para atacá-lo quando ele se distrair, de modo a se distanciar do grupo. No mundo espiritual não é tão diferente, uma das nossas armadilhas especiais é afastar os filhos dos pais e dos irmãos.

Para cada filhote temos uma estratégia diferente, conforme as fraquezas e as brechas na formação da percepção de si e da sua própria identidade. Más companhias, desapontamentos, contendas, distrações e pecados são as nossas iscas preferidas. A maioria das seduções que atraem os filhotes para longe dos seus não são as circunstâncias reais, mas pensamentos plantados *em suas mentes*, onde, inclusive, está o nosso campo de batalha, neste lugar de possibilidades infinitas.

Finalmente a filhote estava longe do seu bando protetor e indo para o território que costumamos dominar, cujos habitantes são praticamente todos nossos. Sim, os nossos estão em todos os lugares, mas existem locais onde somos muito mais bem-vindos — o mundo da moda é um deles, e é para lá que a nossa presa estava caminhando. Certamente ela não estava sozinha, eu não era inocente a ponto de acreditar que a batalha seria fácil, provavelmente alguns celestiais seriam enviados para protegê-la, mas no universo da moda nós somos a maioria.

5

As propostas

O aeroporto era bem longe da casa onde eu iria passar os próximos três meses e, ao longo do caminho, Léo e eu tivemos bastante tempo para conversar. Ambos com o inglês carregado do nosso sotaque, mas capazes de nos comunicar, conversamos sobre a minha viagem, Paris, os passeios legais que poderiam ser feitos lá e as meninas que provavelmente seriam minhas companheiras de quarto, as quais ele já conhecia.

Quando não faltava muito para chegarmos ao destino, Léo me fez uma pergunta tão simples e óbvia que não sabíamos por que ele não havia perguntado ainda:

— De onde você é? Alemanha?

Eu dei uma gargalhada, impressionada com o fato de ele ainda não saber a minha origem. Acreditei que certamente haviam dado o número do meu voo para ele e que obviamente ele sabia de onde eu vinha.

— Eu sou brasileira, não sabia?

— O quê? — Ele fez uma cara de quem havia recebido uma das melhores surpresas dos últimos tempos. — Eu amo as brasileiras! Inclusive, uma das minhas melhores amigas é brasileira, mas foi chamada para modelar em outro país. Eu sinceramente achei que você era alemã, já que você não se parece nem um pouco com as brasileiras que eu conheço. Quer que eu fale em espanhol? Estou aprendendo espanhol.

— Não precisa — respondi. — Sei que você está tentando facilitar com uma língua parecida ao português, mas vamos seguir assim mesmo, caso eu não entenda alguma palavra, peço para você pronunciá-la em espanhol.

A partir daí, meu primeiro relacionamento num país estrangeiro tomou um rumo diferente. Senti que eu tinha uma conexão especial com Léo, como se, de certo modo, tivéssemos algo em comum e talvez a nossa amizade pudesse se estreitar. Eu esperava vê-lo novamente e ter boas conversas com ele, pensar nisso me deu esperança de ter alguém com quem compartilhar os desafios que viriam pela frente.

✦

Finalmente chegamos à casa onde eu ficaria hospedada, era gigantesca! A cozinha era integrada à sala e havia três quartos, cada um com quatro camas de solteiro, e três banheiros. Embora tudo fosse bem simples, era suficiente para comportar todas nós. Além disso, ficava em um bairro estratégico, com alguns restaurantes e farmácias próximas e uma estação de metrô a menos de dois quarteirões — o que ajudava muito nos deslocamentos pela cidade.

Léo entrou comigo, e não sei ao certo quantas meninas moravam lá, mas logo de início contei umas oito, já era tarde da noite e mesmo assim entendi que algumas ainda não estavam em casa. Léo saiu pela casa procurando por uma tal de Daniela e, assim que a encontrou, tratou de fazer as apresentações em inglês.

Daniela era um pouco mais alta do que eu e tinha cabelos pretos extremamente lisos que chegavam até o quadril. Com um olhar também muito simpático e claramente animada em me conhecer, ela me disse “oi”. Em uma breve apresentação, descobri que ela era cubana, assim como a maioria das meninas que moravam na casa.

— Você deve estar cansada — disse Léo, olhando para mim. — Estou te deixando em excelentes mãos, ela vai me ajudar a cuidar de você.

Assim que Léo saiu, me perguntei o que ele quis dizer com a frase "vai me ajudar a cuidar de você". Tive a sensação de que ele havia instantaneamente se responsabilizado por mim e, mais uma vez, encantada, pensei na sorte que tive de conhecer logo de primeira um rapaz tão incrível e perfeito.

Daniela me apresentou a casa, algumas meninas e me ajudou a desfazer as malas. Expliquei que uma das malas havia extraviado e que eu estava sem sapatos. Ela ficou entusiasmada com a possibilidade de me emprestar os sapatos dela, mas após verificarmos que ela calçava dois números a mais que eu, chegamos à conclusão de que no máximo eu conseguiria usar os seus chinelos; já era alguma coisa.

Daniela tinha sido designada pela agência para me levar até lá no dia seguinte, me ambientar a Paris, ao transporte público e à rotina de testes de uma modelo, e eu estava mais tranquila em saber que teria alguém para me auxiliar no primeiro dia, já que era tudo muito novo para mim.

Muito cansada, usei o celular de Daniela para ligar para os meus pais e avisá-los de que estava tudo bem. Foi muito bom ouvir a voz deles, me senti protegida mesmo estando tão longe. Desliguei o telefone e dormi em milésimos de segundo — estava totalmente exausta e Daniela havia me explicado que o dia seguinte seria bem agitado.

Após algumas poucas horas de sono, tive a sensação de que alguém havia se sentado ao meu lado na cama, o colchão até afundou com o peso. Um tanto consciente, mas ainda sonolenta, achei que alguma das meninas que chegaram de madrugada poderia ter se sentado ali para pegar algo no chão ou tirar os sapatos.

Estranhamente estava tudo muito silencioso, e minha única percepção foi a de que havia uma presença ruim ao meu lado. De qualquer forma, era tudo muito subjetivo e invisível para quem estava mais dormindo do que acordada, e em minha mente cheguei a pensar: "Será que isso é real? Será que estou tendo um pesadelo?".

Tentei me virar para entender o que estava acontecendo, mas não consegui, era como se eu estivesse anestesiada, tentei movimentar o meu corpo, mas ele não respondia aos meus comandos, e aquela sensação ruim só aumentava. De repente, um clarão passou por mim como um raio e finalmente consegui abrir os olhos.

Sentei-me na cama e notei meu coração acelerado, minhas mãos trêmulas e meu corpo gelado. Ao tentar entender o que havia acontecido, pensei ter visto uma forma escura no canto do quarto, como se tentasse escapar pela janela, e outra um pouco mais luminosa desaparecendo pela porta, mas logo ouvi risadas ao longe e percebi que eram apenas algumas colegas de quarto que haviam acabado de chegar em casa. Alcancei o celular e vi que ainda eram três da manhã, tudo parecia não ter passado de um pesadelo horrível e eu esperava conseguir dormir melhor nas horas seguintes.

O INIMIGO

Eu não tenho a mínima noção do que se passa na cabeça dos filhos, é fato que sou capaz de assoprar sugestões em seus ouvidos, mas infelizmente não posso ler sua mente. Tudo o que eu consigo fazer é *sugerir algumas ideias* e torcer para que elas entrem no subconsciente das minhas presas e tomem forma a ponto de elas acreditarem que pensam daquela maneira, transformando sua identidade e, consequentemente, seus comportamentos.

Eu sei que estou trilhando o caminho certo quando elas começam a se comportar conforme sugeri, e é neste momento que posso dizer que encontrei uma brecha. Minhas narrativas devem ser lançadas nas ocasiões certas, já que as minhas vítimas precisam estar desprotegidas e despreparadas para eu convencê-las do que eu quero.

Eu costumo observar quando os filhos se entregam aos desejos, cometem pecados, se deixam levar por influências, param de se relacionar com Aquele a quem chamam de Pai e quando param de ler e obedecer à Lei. É neste instante que eu faço a tão preciosa sugestão; em qualquer outro momento minha manipulação é inútil e o meu trabalho é vão, por isso, espero com muita paciência a situação perfeita.

Como já relatei, sou muito discreto e tento me manter invisível. Engana-se quem pensa que *gosto* de assustar e aterrorizar, ao contrário, o terror desperta os humanos para a nossa realidade e, quanto mais assustados e conscientes do nosso mundo, mais eles vigiam e buscam proteção. Por isso, as iscas das nossas armadilhas são as mais belas: vícios que trazem prazer, propostas que levam à vida perfeita e amizades que parecem bem intencionadas.

É verdade que em raras ocasiões alguns relatam nos ter visto ou sentido; não posso desmenti-los, de alguma forma eles conseguiram acessar a nossa dimensão, seja porque estão tão perdidos que já os consideramos nossos a ponto de não nos importarmos de sermos vistos, seja porque o Divino concedeu a oportunidade ou o dom de identificarem o nosso mundo oculto.

Eu fui designado para Camille porque sentimos que ela era especialmente perigosa. A primeira razão para tal teoria é o cuidado especial dos celestiais por seus ascendentes; a segunda é o fato de Camille ter recebido um dom dado a poucos, do qual não estamos certos ainda, mas não podemos deixá-la exercê-lo.

Às vezes tentamos atacar a mente dela enquanto ela está dormindo, isto porque o sono é o momento em que os seres humanos estão mais vulneráveis e abertos a novas realidades. A mente não está tão vigilante e atenta, então é no campo dos sonhos que tudo pode acontecer, é quando serão entregues as mensagens de ambos os lados e onde a guerra entre os dois mundos costuma ser travada.

Eu decidi que aquela madrugada era um bom momento para plantar algumas ideias na mente de Camille, mas cheguei perto demais e ela sentiu a minha presença, além de um celestial ter aparecido antes que eu conseguisse dizer algo produtivo a ela. Sou mais poderoso do que muitos celestes, mas desta vez mandaram um de alto escalão. Acredito que havia alguém pedindo por ela e desconfio que eram os pais.

Não foi a primeira vez que fui interrompido ao tentar me aproximar da garota e cheguei à conclusão de que eu precisava conversar com um dos meus companheiros sobre isso para ele dar um jeito de distrair os pais da menina um pouco mais, sobrecarregando-os com muitas tarefas que os deixassem cansados demais para pedir por ela. Quando os celestiais são acionados, conseguem chegar aonde os braços dos humanos não alcançam, executando as ordens do Soberano após Ele receber pedidos dos pais e dos amigos de quem está sob nossos ataques. Seja como for, é um alívio saber que a maioria desses intercessores não têm a mínima noção disso e estão sendo muito bem distraídos pelos nossos, a ponto de esquecerem de pedir por seus próximos.

6

A liberdade

Daniela me acordou logo cedo para acompanhá-la nos testes ao longo do dia, me ofereceu café da manhã — eu ainda não tinha feito compras —, explicou que visitaríamos a agência de modelos e assegurou que iria comigo ao mercado mais próximo de casa.

Enquanto me trocava, lembrei que estava sem sapatos além da bota de cano longo com a qual havia viajado. O dia estava quente, logo pela manhã eu já estava suando, seria desafiador andar com sapatos tão quentes o dia todo, e pensei na possibilidade de perguntar para Daniela se teríamos tempo de parar em alguma loja para comprar sapatos novos.

Por um breve momento me senti extremamente chateada de a minha viagem já ter começado assim. Era minha primeira experiência distante da minha família, já tinha tantas inseguranças e medos, e ainda precisava passar por uma situação como essa. Questionei se o Soberano realmente estava comigo em todos os momentos conforme fui ensinada, mas decidi não pensar mais nisso, afinal, estamos sujeitos às mais diversas dificuldades na vida e um infortúnio tão pequeno não deveria tirar a minha paz.

Peguei minha bolsa e o portfólio com as minhas fotos e saímos pelas ruas da cidade para cumprir os compromissos do dia. À medida que andávamos por Paris, notei como tudo era diferente e lindo, tudo era novo para mim, desde a arquitetura das casas até a largura das ruas; as vitrines repletas de roupas com modelagens perfeitas e a paisagem que nos cercava formavam um todo encantador. O transporte público era infinitamente mais limpo e organizado do que eu estava acostumada, e as pessoas à nossa volta pareciam imersas em seu próprio mundo.

Também notei que os parisienses não faziam contato visual, não cumprimentavam e não demonstravam qualquer sentimento, fosse de alegria, tristeza ou ansiedade. As pessoas passavam por nós como se não existíssemos e aparentavam ser totalmente misteriosas e silenciosas.

Enquanto eu estava sentada no metrô ao lado da Daniela, confessei a ela que já estava achando um tanto estranho o comportamento das pessoas ao nosso redor, pois elas me davam a impressão de serem mais frias e retraídas. Ela admitiu que também teve essa sensação ao chegar no país e explicou que isso se dava provavelmente pelo fato de termos vindo de países cuja cultura é mais aberta e voltada para relacionamentos. Ela disse que logo eu me acostumaria com aquela rotina e com as pessoas e que, por incrível que pareça, acharia aquilo tão comum que quando eu voltasse para o meus país me sentiria deslocada.

Eu aproveitei o trajeto para conversar mais com Daniela e saber mais sobre quem ela era, de onde vinha, como era sua família e sua cultura.

— Dani, quantos anos você tem? — Foi a minha primeira pergunta.

— Tenho dezenove — disse ela. — Sei que aparento ser bem mais velha, por isso ficou curiosa.

Dei risada, pois a minha reação de espanto com a resposta dela havia me denunciado.

— Realmente pensei que você fosse mais velha — disse eu —, mas não é pelo seu rosto, é pelo jeito que você se comporta. Parece ser uma moça independente e madura.

— Precisei aprender a me virar e amadurecer cedo — disse ela. — Minha família é um tanto complicada. Mas qual família não é, não é mesmo?

Não precisei de uma resposta mais longa para perceber que ela não gostava muito de falar das suas origens, na verdade, ficou claro que ela havia escolhido aquela vida não apenas porque tinha uma grande chance devido a sua aparência, mas como uma fuga da realidade em que vivia. Uma vida independente e longe dos pais parecia deixá-la mais feliz.

— Mas e você? Me conte sobre a sua vida e a sua família — indagou ela.

Eu contei algumas coisas, como o fato de meu pai adorar jogar basquete e me chamar para assistir aos campeonatos do clube dos quais ele participava e como a minha mãe costumava fazer questão de cozinhar uma comida gostosa todos os dias para que tivéssemos prazer em estar à mesa e compartilhar o nosso dia, especialmente na hora do jantar. Expliquei que eu tive uma infância feliz e que meus pais sempre fizeram o possível para que tivéssemos bons momentos juntos. No entanto, quanto mais eu detalhava a nossa rotina como família, mais Daniela parecia ficar triste. De alguma forma, eu despertava más lembranças nela e decidi não prolongar mais o assunto.

Enquanto eu contava sobre a minha vida, lembrei-me de casa e senti saudade de onde eu morava. Coisas que muitas vezes eu ignorava, como a agilidade de em poucos minutos de carro conseguir atravessar a cidade e a alegria de sair com os amigos para comer um lanche após a reunião da Comunidade, me fizeram repensar a visão que eu tinha sobre a minha vida até então.

Paris de fato era uma cidade linda, mas comecei a notar que o lugar perfeito tem mais a ver com quem está ao nosso lado do que com onde, de fato, estamos. Apesar disso, eu sabia que era apenas o primeiro dia do meu novo cotidiano e que aos poucos iria me habituar àquela nova cultura.

Andamos mais algumas quadras até chegarmos a uma fila gigantesca de aspirantes a um trabalho proposto. Pelo que entendi da descrição feita por Daniela no metrô, procuravam modelos para um desfile de uma marca relativamente famosa por lá.

Havia tanto rapazes quanto moças e, quando estávamos nos aproximando do final da fila, Daniela sorriu como se encontrasse um amigo extremamente íntimo.

— Ei, Paul! — gritou ela. — Eu não sabia que você viria a este teste hoje.

Paul era um rapaz alto, com cabelos loiros quase amarelados e olhos azuis. Ele deu um sorriso empolgado para ela à medida que se aproximavam, então deram um abraço apertado e começaram a conversar num espanhol tão rápido que eu não entendia absolutamente nada. Por alguns instantes, ela esqueceu que eu existia, até que subitamente olhou para mim e me apresentou a ele.

Paul, muito simpático, percebeu que eu não dominava muito bem o idioma e vagarosamente me cumprimentou e me deu boas-vindas em inglês. Em seguida, um outro rapaz chamou Paul em francês, e fiquei me perguntando de que nacionalidade ele era, mas logo Daniela me puxou e fomos para o final da infinita fila.

O INIMIGO

Algumas coisas estavam saindo mais rápidas e perfeitas do que eu esperava. Em todos esses milênios aprendi que não devo criar expectativas cedo demais, pois apesar de serem cuidadosamente estudados e observados por nós, os filhos são imprevisíveis. Além disso, há interferências significativas do Divino e dos celestiais na vida deles, o que pode não somente nos atrapalhar como também frustrar os nossos planos.

Estamos *sempre em guerra* e infelizmente as batalhas não são justas. Não que eu me importe com a justiça, ao contrário, eu amo a injustiça aplicada aos humanos, mas considerando o fato de sermos infinitamente mais limitados e menos poderosos do que o Divino, quando Ele decide dar fim a uma batalha, não há o que possamos fazer.

Apesar dessa concorrência desleal, se posso chamar assim, existe um fator que equilibra os nossos embates: o livre-arbítrio. Sinceramente, não sei por que o Divino decidiu dar aos seres humanos a chance de escolherem o que querem fazer. Por um breve instante, se é que isso é possível, tente pensar como eu: alguém que tem todo o poder e a glória, capaz de construir e destruir o que bem entende com apenas uma ordem, decide deixar uma criatura limitada, frágil e desobediente escolher se quer viver com Ele ou não. Para mim isso é totalmente ilógico!

Essa decisão do Divino não foi de nenhuma maneira racional, ao contrário, é nítido que Ele de fato os amou a ponto de deixá-los ir caso quisessem e, ao mesmo tempo, sacrificou uma parte de si para deixá-los voltar se assim desejassem.

O mais interessante disso tudo é que o Soberano dá ordem às galáxias e elas o obedecem, impõe regras aos planetas e eles cumprem, obriga os mares e eles acatam e, então, paciente e amorosamente diz aos humanos "venham", e eles dizem "não". Alguns enigmas nem eu, um dos mais inteligentes e astutos que conheço, sou capaz de decifrar.

Entenda, quando falo em amor, falo sobre algo tão forte, irracional e inexplicável que é capaz de fazer com que aquele que ama sacrifique a sua mente, o seu corpo, as suas emoções e os seus desejos pelo ser amado. Eu desconheço esse sentimento e, portanto, sou incapaz de compreendê-lo ou explicá-lo. Posso dizer com propriedade que nada é tão subjetivo para mim quanto este tal de amor que, enigmático, é a única justificativa para a permissão do livre-arbítrio.

A única razão para Camille ter entrado tão acertadamente na minha armadilha foi seu poder de escolha, e a única coisa capaz de tirá-la de lá era o tal "amor divino". É por isso que, embora não o entendamos em sua essência, fomos capazes de pervertê-lo e usá-lo de outras formas: o amor ao dinheiro, o amor ao poder, o amor a si próprio etc. O amor divino é a redenção para todos os homens, mas o amor pervertido, também chamado de desejo, é a queda de todos eles — e a nossa isca mais poderosa.

Infelizmente a minha vítima ainda não experimentou o amor pervertido. No meio em que ela foi criada, não conseguimos fazer muitas ofertas, e as poucas que chegaram até ela foram facilmente negadas. Isso porque Camille experimentou o amor divino em uma certa ocasião, dando a ela um Espírito de discernimento acerca das nossas armadilhas. Por ser considerada uma "filha", a minha situação com Camille era muito mais trabalhosa e difícil, já que não era possível atraí-la com qualquer vício ou desejo. Eu precisava ser sempre mais sutil e discreto em minhas sugestões.

Naquele momento, meu plano era usar influências negativas, acrescentar mais uma dose de razão, lançar na mente dela algumas dúvidas acerca de quem ela era e do que ela viveu e tentar distorcer alguns de seus valores até que pouco a pouco ela fosse apresentada a uma das nossas versões de amor — o pecado —, que nada mais é do que puro desejo. Eu não precisava que ela se entregasse a muitos deles, apenas um era mais do que suficiente para destruí-la.

Quanto à amiguinha dela, Daniela, não era que ela não fosse importante para nós e por isso não travávamos batalhas contra ela, as batalhas existiam e talvez o Divino até tivesse planos para ela, mas não nos atínhamos muito a esta pequena.

Daniela nasceu e cresceu em uma família dominada por nós, a mãe da garota estava quase sempre depressiva e emocionalmente instável, o pai abandonou a família. Daniela e as irmãs foram criadas por uma mãe que praticamente não parava em casa porque precisava sustentá-las, enquanto o pai era chegado em bebida, pois tinha vivido em um lar onde sofria vários abusos. Desde jovem, ele se apegou ao álcool para fugir de problemas e da sua vida medíocre, então garantimos que ele nunca mais pararia de consumi-lo e o cercamos de más influências até que, finalmente, conseguimos tirá-lo da sua esposa e dos seus filhos — um lar sem protetor é uma presa fácil para nós. Por tudo o que o pai e a mãe da Daniela viveram, o conceito deles sobre o Divino era bastante deturpado, o que os impedia de acreditar que Ele existia.

Daniela tinha a natureza pecaminosa como qualquer ser humano, mas uma certa benevolência em seus atos. Não nos preocupamos com isso, afinal, a bondade do ser humano nos incomoda, mas não os levará para o Céu. Ela era nossa e, graças a isso, acreditamos que seria uma companhia interessante para Camille, nos ajudando através da influência. A disposição da garota em ajudar o próximo a tornaria confiável para Camille, que não perceberia a nossa tentativa de tomar a mente dela. Já sobre o rapaz, Paul, prefiro não comentar; ele é um dos que não posso controlar, por isso tentei manter ele e Camille o mais longe possível um do outro.

7

A grande oferta

Finalmente chegou a minha vez, e confesso que fiquei ansiosa no meu primeiro teste. Pediram para eu entrar em uma sala onde cinco pessoas estavam sentadas — duas mulheres e três homens —, todos de meia idade. Eles me olharam por no máximo cinco segundos, até que uma das mulheres comentou algo em francês com o homem que estava sentado ao seu lado e ambos riram.

Tive a sensação de que debochavam de mim, mas não dava para ter certeza, eu não havia entendido absolutamente nada do comentário. O outro rapaz me dirigiu um "obrigado" em inglês e gesticulou para que a próxima candidata entrasse.

Aquela espera de mais de uma hora terminou em apenas alguns segundos. Me perguntei o que costumavam avaliar nesses testes e o que havia de tão engraçado em mim, se é que o comentário era sobre mim. Saí de lá me sentindo inadequada e já esperando que os testes seguintes fossem muito parecidos com aquele.

Daniela e eu andamos o dia todo por filas e mais filas, parando apenas para comer algo no caminho e conhecer o pessoal da agência. Eles eram mais simpáticos que os demais franceses e pareciam estar animados com a minha chegada, eu acreditava que o contato com muitas culturas diferentes os tornava mais abertos a relacionamentos. Recebi um celular simples, com um chip internacional que seria recarregado semanalmente para que eu pudesse me comunicar com eles e com a minha família no Brasil. Na época, apenas as garotas com melhores condições financeiras tinham notebooks próprios, e o celular limitava a comunicação a mensagens de texto e ligações telefônicas. Eu também tinha a possibilidade de ir a uma lan house caso eu quisesse ver os meus pais por vídeo, mas entendi que nossa rotina seria muito corrida e quase não teria tempo para isso, a não ser nos finais de semana.

Na agência, também conheci garotas dos mais diversos países, algumas muito divertidas e outras que pareciam me encarar como mais uma concorrente.

No final do dia fomos para casa descansar. Tirei as botas com muito custo, pareciam grudadas nos meus pés extremamente inchados que já formavam algumas bolhas. Dei graças ao Soberano ao me lembrar que o dia seguinte era sábado e não haveria testes, assim eu poderia poupar um pouco os meus pés e ir atrás de algum lugar onde eu pudesse comprar pelo menos um par de sapatos mais confortáveis.

Perto da hora do jantar, meus pais me ligaram e conversamos por cerca de uma hora. Eles estavam ansiosos para saber sobre meu primeiro dia de testes e como seria a minha rotina. Também estavam felizes em ouvir a minha voz e saber que eu estava bem, ao mesmo tempo, senti uma inquietude em seus corações conforme conversávamos. Meu pai pediu em oração para o Divino interceder por mim e me guardar de todo o mal e das armadilhas do inimigo. Achei seu tom de voz um pouco exagerado, mas o respeitei como sempre e reafirmei cada pedido dele.

Desligamos o telefone e mais uma vez a saudade insistiu em me rondar — saudade das conversas em volta da mesa no final do dia, do interesse da minha família em cada detalhe da nossa rotina, das risadas e da sensação de estar em casa. Eu sabia que esses sentimentos eram momentâneos e que em breve eu me acostumaria à minha nova vida independente, eu só precisava de tempo e de mais algumas amizades.

A Daniela era uma menina muito legal e divertida, mas já morava lá há alguns meses e tinha a sua própria vida. Ela tinha as próprias amizades, fazia alguns cursos e atividades e eu desconfiava até que ela tinha um namorado por conta de uma ligação que atendeu ao meu lado. Eu estava cansada demais para lhe fazer mais perguntas e, antes de me deitar, conversei de maneira breve com algumas garotas que moravam comigo, percebendo que a maioria, assim como a Daniela, já tinha as próprias rotinas, atividades e relacionamentos. Elas entravam e saíam com frequência, e a casa estava sempre movimentada, boa parte delas chegava para dormir de madrugada enquanto outras acordavam ao amanhecer.

Em poucos minutos, eu havia pegado no sono — a turbulenta noite anterior somada ao dia exaustivo acabaram comigo —, mas fui despertada no meio da madrugada mais uma vez: eram meus pés, que ardiam tanto que pareciam estar em chamas. Me levantei para procurar algo para aliviar a dor, foi quando encontrei uma das garotas vomitando no banheiro enquanto outra segurava seus cabelos. Perguntei se estava tudo bem e a que estava em pé respondeu que a amiga havia bebido um pouco demais — elas estavam claramente bêbadas e fora de si.

Eu não sabia como era ficar bêbada, ou melhor, não tinha nem noção de qual era o gosto do álcool. A bebida em casa nunca foi proibida, mas eu e meus pais nunca conversamos sobre isso porque eu também não demonstrei interesse. Minha família não tinha o costume de beber e eu também nunca gostei do cheiro do álcool. Também nunca havia visto uma pessoa de ressaca, a não ser em filmes. Aquela foi a primeira vez e, confesso, senti pena de quem se permitia chegar a esse ponto. Ao mesmo tempo, eu não a julgava — ela exagerou no álcool como às vezes exageramos na comida e passamos mal de tanto comer. O problema não está somente no que é ingerido, mas no descontrole de quem ingere, seja por qual motivo for. Infelizmente, ouso dizer que muitas pessoas são incapazes de controlar os impulsos porque não conseguem controlar as emoções que levam a eles.

Após passar uma pomada que a Daniela havia me emprestado, voltei para a cama pensando que talvez eu pudesse ajudar essas meninas. Imaginei que me aproximando um pouco mais delas e conversando sobre assuntos que elas tivessem mais dificuldades em lidar, eu poderia ser útil de alguma maneira — não porque eu era melhor do que qualquer uma delas, mas porque uma vida recebendo bons conselhos me proporcionou certa sabedoria.

O INIMIGO

Os filhos acham que queremos sempre que tudo dê errado para eles, basta um problema, uma dificuldade ou uma porta que se fecha para acreditarem que os estamos atacando. Querer o mal do outro é totalmente diferente de querer que as coisas deem errado para este ser. Eu sei que parece contraditório, mas acompanhe o meu raciocínio: se somos astutos o suficiente para perceber que algo que os agrada os levará à ruína, então desejamos que estejam extremamente satisfeitos.

Enquanto o Divino deseja o melhor a seus filhos e para isso é capaz de lhes dizer um sonoro "não" caso saiba que algo lhes fará mal, nós ofertamos tudo o que o mundo pode oferecer de prazeroso para que trilhem o caminho da própria destruição. Por isso, eu almejava com sinceridade o sucesso de Camille, visto que a armadilha consistia em fazê-la se encantar com aquele mundo. Quanto mais a garota experimentasse o poder, a notabilidade, o dinheiro e a influência, mais rápido ela caminharia para os meus braços. Eu infelizmente não podia separá-la do Divino, mas ela podia escolher se afastar Dele, a minha missão era apenas levá-la a tal distanciamento.

Aquele havia sido um dia produtivo, e eu acompanhei a garota a muitos lugares familiares para mim, mas era uma pena não poder observá-la muito de perto. Alguns limites me foram impostos e eu ainda não tinha permissão para ultrapassá-los, mas mais cedo ou mais tarde as brechas seriam abertas.

Apesar de querer que tudo desse certo para Camille nesta nova fase, não pude deixar de achar divertido um acontecimento que saiu um pouco dos meus planos. Em um dos testes, debocharam da aparência excessivamente jovial da garota e, confesso, fiquei desapontado por ela não entender o comentário, visto que encontro prazer nas vergonhas e traumas dos seres humanos, mas precisei me contentar com o desconforto dela com a situação.

Como já afirmei, eu preferia que Camille fizesse muito sucesso, mas talvez um ataque à própria identidade dela não fosse um tanto ruim. O questionamento do homem sobre quem ele é, sobretudo com relação à proteção, ao amor, à paternidade e às permissões do Soberano, é uma arma poderosa.

Confesso que naquela noite me senti bastante incomodado mais uma vez com a intromissão e intercessão da família dela — o Divino enviaria algum celeste para protegê-la, disso eu tinha certeza, Ele não resiste a uma petição. Conversei seriamente com o responsável pelos pais dela, ele estava falhando em sua missão e eu precisava deixar isso claro. De qualquer forma, não fui muito duro com ele — nós trabalhamos de forma unida e organizada independentemente de nossas diferenças.

Os filhos são tão medíocres que *não conseguem viver em comunhão* e superar as diferenças de opiniões, cultura ou visão de mundo. Divergem com frequência e são capazes de brigar uns com os outros por causa de doutrinas, políticas e até pela cor da roupa. Nem somos nós que plantamos algumas dessas desavenças, os próprios filhos fazem o trabalho sujo por nós.

De qualquer maneira, era importante que os pais de Camille estivessem cada vez mais distantes e equivocados na visão dela.

Eu infelizmente não podia apagar as boas lembranças da sua infância e juventude, mas poderia recriar "ótimas" memórias. Vale dizer que eu não pretendia incomodar Camille naquela madrugada, não gosto de deixar as coisas escancaradas, mas fui obrigado a me adiantar, eu precisava ser um pouco mais rápido e antecipar alguns planos.

Mostrei a realidade de duas garotas dominadas por nós para que Camille se familiarizasse com alguns comportamentos. Sei que não foi a melhor face do nosso mundo, mas ela ainda não estava onde eu queria. Eu esperava que ela não tivesse ficado chocada com a cena a ponto de sua mente se fechar para novas possibilidades. Ainda que as meninas estivessem em uma situação um tanto deplorável, elas pareciam felizes e satisfeitas, e aquela era apenas uma preparação para onde eu queria levar a Camille.

8

O poder da escolha

Aos sábados não tínhamos testes ou outras obrigações, o que me deixou mais tranquila para dormir até tarde. Acordei perto da hora do almoço, tomei o café da manhã que havia comprado no dia anterior, peguei os chinelos que Daniela havia me emprestado e decidi explorar a cidade sozinha mesmo. Quando saí de casa, ela ainda estava dormindo, e eu ainda não havia formado vínculos com nenhuma das outras meninas.

A poucos metros da casa onde eu estava morando, encontrei uma lan house e aproveitei para pesquisar na internet onde eu poderia fazer compras por um preço mais acessível. Meus pés estavam vermelhos, em carne viva, e me perguntei quanto tempo demoravam para devolver uma mala extraviada. Quando eu não recebi a minha mala, a atendente do aeroporto me entregou um papel com alguns contatos caso eu tivesse alguma dúvida, mas quanto mais eu ligava para saber o status da minha bagagem, mais eu era transferida de atendente para atendente. Por isso, decidi esperar um pouco mais e ir às compras, nem que fosse para conseguir sandálias bem baratas até que a minha mala chegasse.

Senti um frio na barriga ao me aventurar sozinha pela primeira vez nos transportes públicos de Paris, apesar da insegurança, fiquei contente ao perceber como tudo era organizado e autoexplicativo. Não tive grandes dificuldades para chegar a um centro comercial onde havia algumas lojas conhecidas e com preço justo. Não sei se porque era sábado, mas o local estava bem movimentado, e notei a presença de muitos turistas falando línguas diferentes. Enquanto eu caminhava pelo centro comercial, observei uma movimentação curiosa: um grupo de jovens entregava panfletos e conversava com as pessoas que passavam por perto.

Eu me aproximei da turma, interessada em saber sobre o que era a propaganda, e escutei um sonoro "Camille". Meu coração saltou pela boca, achei que estava escutando vozes, mas um rapaz de feição conhecida correu ao meu encontro. Assim que ele chegou um pouco mais perto o reconheci: era Paul! Que surpresa boa encontrar uma figura familiar no meio da multidão — tudo bem que eu mal o conhecia, mas ao menos era alguém que sabia o meu nome e que tinha uma amiga em comum comigo.

— Que surpresa boa te encontrar, Camille! – disse ele em inglês. — O que veio fazer por esses lados? Toma, pegue este papel. — Ele me entregou um dos panfletos que o grupo estava distribuindo.

— Eu vim comprar sapatos e descobri que aqui é um bom lugar para fazer isso. A Daniela estava cansada, achei melhor não incomodá-la e vir sozinha.

— Entendi! Fico feliz de te encontrar aqui, creio que algumas coincidências podem até ser providências. Não tive a oportunidade de te conhecer melhor ontem, estava tudo muito corrido para todos e eu precisava ir para a faculdade ainda. A Daniela comentou que você não é daqui, de onde você é?

— Sou brasileira — respondi. — Vim me aventurar na carreira de modelo aqui na França, ainda é tudo muito novo para mim e muito distante da minha cultura.

Enquanto eu falava, Paul fazia uma incrível expressão de contentamento, como se tivesse se espantado com alguma informação na minha resposta.

— Bom, então agora eu quero te convidar para que se sinta "em casa" — disse Paul em português e apontou para o panfleto em minha mão.

Eu não consegui olhar o panfleto até processar a informação de que eu havia acabado de ouvir alguém falar em português.

— Você também é brasileiro? — perguntei.

— Não! Eu sou francês, mas meus pais são brasileiros! Aprendi a língua com eles e tive a oportunidade de visitar familiares brasileiros algumas vezes. Devo confessar que me sinto mais brasileiro do que francês.

— Eu não entendo por que a Daniela não comentou isso quando nos apresentou, acredito que ela também estava com pressa.

— Vamos tomar um café? Eu preciso mesmo parar um pouco para comer alguma coisa — disse Paul.

— Claro — respondi.

Paul foi explicar aos amigos que queria comer, mas logo estava de volta.

— Vamos! Vou te apresentar um lugar aqui perto que tem um café maravilhoso — ele disse.

Andamos poucos metros até um pequeno e charmoso restaurante com cadeiras ao ar livre. Paul me ajudou a entender o cardápio e a fazer o pedido. Enquanto comíamos, ele me contou que seu pai era empregado de uma filial de uma multinacional no Brasil e que havia sido convidado para trabalhar na sede da empresa na França há muitos anos. Paul me explicou também que nasceu na França, porém muitos de seus parentes moravam no interior de São Paulo — avós, tios e primos — e pelo menos uma vez por ano ele e seus pais iam ao Brasil visitá-los.

Ele também fazia faculdade de direito em Paris e trabalhava como modelo para ajudar a pagar o curso. Apesar dos pais terem boas condições de vida, ele achava justo contribuir com a casa e com os próprios estudos. Paul era um rapaz falante, e quase não tive tempo de contar sobre mim.

Contei que eu era do sul do Brasil, que havia acabado de chegar a Paris e que ainda não conhecia quase ninguém. Enquanto eu falava, percebi que o sol já estava se pondo e eu ainda precisava comprar meus sapatos antes que as lojas fechassem. Então disse para Paul que precisava ir, mas que poderíamos conversar mais algum outro dia.

Paul deu um sorriso e respondeu alegremente:

— Nada disso, mocinha, nos veremos hoje à noite — disse, apontando para o papel que me entregara mais cedo.

Foi só então que eu vi que se tratava de um encontro de jovens de uma Comunidade estrangeira que acontecia nas noites de sábado. Confesso que naquele instante os meus olhos brilharam — eu finalmente poderia fazer mais amigos e talvez encontrar alguns jovens mais dispostos a me acolher de alguma forma.

Me despedi de Paul com a promessa de que compareceria ao compromisso e corri em direção às lojas em busca das sandálias. Quando finalmente encontrei um par, voltei para casa para tomar banho e me arrumar para o encontro do grupo.

Ao chegar em casa, notei que Daniela tinha saído de novo, mas não pensei muito nisso, já estava em cima da hora para o encontro de jovens e não queria perdê-lo. Me aprontei rapidamente e fui para o endereço que estava no papel, a Comunidade parecia ser perto do local onde eu havia comprado os meus sapatos. Devo dizer que não era tão perto de onde eu morava, mas estava tão animada que não me importei muito com a distância.

O INIMIGO

Eu já suspeitava que o outro lado faria algo para tentar proteger Camille, isso de fato não me surpreendeu. Mas não imaginei que justamente o Paul seria enviado para cuidar dela. Nós não somos onipresentes e eu não sabia que Camille iria até aquele centro comercial, muito menos que ela o encontraria.

Perguntei a alguns colegas de quem havia sido a ideia infeliz de extraviar a mala da garota, mas me disseram que não havia sido nenhum deles. Como todos nós somos mentirosos, nada os impediria de mentir para mim, ainda mais porque não adiantava chorar pelo leite derramado, o que estava feito estava feito e só me restava pensar um pouco mais e reestruturar o meu plano.

Não costumo me preocupar quando as coisas saem daquilo que eu planejei, desde que os imprevistos não tenham sido propositalmente causados pelo outro lado. Muitas das coisas que acontecem com os seres humanos são consequências das más decisões deles mesmos. O pecado, as escolhas ruins e a falta de alinhamento com a vontade do Pai fazem com que eles mesmos se prejudiquem.

Muitas desgraças são causadas pelos próprios pequenos, e eu é que não vou impedir que isso aconteça — meus planos não precisam dar certo sempre, desde que os próprios seres humanos se destruam. O que me tira realmente do sério é quando o meu planejamento é atrapalhado pelos celestiais, isso porque se estão se intrometendo certamente se deve ao fato de existir um propósito maior.

O fato de Camille ter se encontrado com Paul naquele exato lugar e naquele exato momento me revelava que algo a mais estava acontecendo. Todas as coincidências têm limites e até mesmo uma mala extraviada e um pé machucado podem contribuir para um plano maior, *ainda que pareçam circunstâncias infelizes para os filhos*. É por isso que talvez os meus colegas de missão não tenham mentido para mim, tudo indicava algum movimento por parte dos celestiais e do próprio Soberano.

Existia uma força maior que eu dentro de Camille que certamente a levaria ao encontro Dele, e eu não tentaria impedi-la de chegar até lá, pois algum celestial poderia aparecer e eu não estava a fim de perder tempo lutando pelo inevitável; havia coisas mais inteligentes nas quais intervir e que me trariam muito mais resultado.

Eu conhecia muito bem a Comunidade que indicaram para a miúda, já apareci por lá algumas vezes e alguns integrantes eram, digamos assim, um tanto familiares para mim. Preciso reforçar que a Comunidade não é o tipo de ambiente que eu costumo frequentar, obviamente, até porque Ele está presente na maioria dos encontros e não há espaço para nós dois. Mas existem brechas nas quais consigo me infiltrar com muita cautela e discrição. Eu e meus colegas conseguimos até nos apossar das mentes vazias que frequentam o lugar e tomar os corpos que as habitam para ver algumas coisas de camarote.

Mas não vou entrar num assunto tão complexo agora. Você, leitor, ainda não tem capacidade para absorver tantos mistérios. O que importa agora é entender que eu conhecia as pessoas da

Comunidade de Paul e, embora a grande maioria fosse intocável, possuíam fraquezas e eu diria até uma certa ignorância com relação ao que acontece no nosso mundo. A falta de conhecimento fazia alguns perecerem, e é nisso que eu estava me apoiando.

Posso dizer que eram grandes as chances de Camille não ser notada pela Comunidade, já que os frequentadores estavam tão preocupados com a própria vida que há muito deixaram de enxergar seus irmãos e filhos em potencial. Eles até eram genuínos em sua crença, devo confessar, tão puros e valorosos que me davam ânsia de vômito, no entanto, ainda que a maioria dos membros da Comunidade entendesse muito bem os motivos da vinda do Redentor, ainda não sabiam exatamente para o que eles mesmos vieram. Nisso eu tinha uma grande vantagem — se os celestiais ou o Soberano não interviessem no despertar para o próximo por parte da Comunidade, Camille não seria notada e se sentiria só. Enquanto isso, os que me servem são muito simpáticos e sabem muito bem trazer os filhos para mais perto de nós.

9

As influências

Após andar algumas quadras, pegar um metrô e andar mais alguns bons metros, finalmente cheguei ao local do encontro. Era no térreo de um prédio bem antigo e a entrada era maior do que eu imaginava.

Ao entrar, me deparei com um salão onde ficavam os banheiros, uma cantina e a área onde as pessoas costumavam sentar-se até começar o encontro ou paravam para conversar no final. Tinha tanta gente naquele lugar que me senti um tanto deslocada e, infelizmente, ninguém percebeu que era a minha primeira vez ali. Eu havia chegado um pouco antes de a reunião começar e fiquei alguns instantes parada, torcendo para alguém me notar ou na esperança de encontrar Paul. As conversas entre nós eram sempre tão rápidas e, em meio a diversos compromissos, me esqueci de pedir o número do telefone dele.

Esperei mais um pouco enquanto observava a movimentação das pessoas no local — elas pareciam felizes em estar lá, sempre com um sorriso no rosto, e volta e meia eu chegava a escutar as gargalhadas de alguns.

Depois de uns minutos, notei que as pessoas começaram a caminhar em direção a outro salão, e como eu não sabia exatamente o que deveria fazer, segui o fluxo até entrar em um teatro gigantesco. As luzes estavam apagadas e havia músicos em um palco; conforme as pessoas entravam, o tecladista tocava uma música ambiente e eu, totalmente deslocada e assimilando as informações, me posicionei na última fileira. Em poucos instantes, o local estava lotado, praticamente não havia mais cadeiras vazias, e a banda começou a tocar enquanto uma moça ruiva se posicionava à frente.

A música iniciou e ao som da primeira nota me senti em casa pela primeira vez em muito tempo. Aquele era um ambiente estranho, eu não conhecia absolutamente ninguém, mas, à medida que a banda tocava, todo o sentimento de não pertencimento desaparecia. Eu poderia ficar dias ali, apenas ouvindo e deixando fluir tudo o que eu estava sentindo.

Num determinado momento entre uma música e outra, a garota ruiva começou a falar em inglês sobre estar em casa. Ela dizia que, embora muitas vezes estivéssemos longe, nos sentíssemos distantes e experimentássemos sentimentos de vazio interior, o Soberano estava lá. A cantora falou também que o nosso Pai nos amava e que às vezes nos deixava ir para termos nossas próprias experiências, mas não nos abandonaria em nenhum momento da nossa caminhada e sempre estaria de braços abertos para nos receber novamente na casa de onde nós nunca deveríamos ter saído.

Fechei os olhos e, enquanto ouvia a moça falar, me lembrei das experiências que eu havia vivido poucos anos antes, até que de repente fui invadida por uma sensação de paz tão grande que as minhas pernas enfraqueceram e precisei me sentar para não cair. À medida que as memórias do passado brotavam na minha mente, mais uma vez experimentei a mesma liberdade que um dia eu já havia vivido.

Eu estava provando um encontro com o Divino novamente e, em meio às lágrimas, resgatei algo perdido há muito tempo: a identidade de filha.

Após mais algumas músicas, um homem de aparência madura entrou, abriu a Lei e começou a recitar uma parábola. Cada palavra entrava em meu coração e, em um momento de reflexão, me perguntei se aquela carreira, a rotina e tudo o que estava me cercando faziam parte de fato do meu propósito — de repente, a certeza que eu tinha sobre o que eu acreditava ter nascido para fazer começou a ser colocada em xeque. Eu já não sabia mais se aquele país, aqueles testes e aquelas pessoas eram a vida que eu deveria viver.

O encontro acabou e fiquei um tempo sentada na última fileira repensando alguns pontos da minha trajetória e, enquanto as pessoas se dirigiam à saída, fui tomada por um sentimento de arrependimento e comecei a chorar compulsivamente.

Fiquei sentada até o auditório praticamente se esvaziar, tentando encontrar força e coragem suficientes para me levantar e ir embora. Com as pernas cambaleantes e as emoções à flor da pele, aguardei no hall de entrada por mais algum tempo. Observei as pessoas que saíam e se cumprimentavam e esperei por um abraço de qualquer uma delas. É verdade que eu não era do tipo que gostava muito de contato físico e tampouco costumava mostrar a minha fragilidade em público, mas naquele dia estava difícil me conter e ansiei por ser notada por qualquer pessoa.

Apesar de ser uma jovem aos prantos encostada na parede, ninguém percebeu a minha presença. Olhei em volta procurando Paul, mas não o encontrei — os jovens riam, conversavam e alguns pareciam sair de lá juntos, mas ninguém me viu, eu parecia invisível.

Decidi que era hora de ir embora, pois já estava muito tarde para esperar mais. Saí pelas ruas rumo à casa onde eu estava morando enquanto pensava em tudo o que havia acabado de experimentar, e confesso que me senti um tanto decepcionada por não ter sido notada e não ter feito novas amizades, mas certamente não seria a última vez que eu iria a um desses encontros. Haveria uma nova chance e, quem sabe, reencontraria Paul e ele me ajudaria com tudo o que eu estava sentindo e vivendo.

O INIMIGO

Enquanto Camille seguia para o encontro inevitável, me apressei em planejar e trabalhar com os recursos disponíveis. Conversei com alguns colegas sobre os escravos humanos deles e juntos nos organizamos para que Camille experimentasse o que tínhamos de bom para oferecer ainda naquela noite.

Após um plano cuidadosamente arquitetado e alinhado, fui atrás de Daniela. Não havia nenhum de nós especificamente designado a ela porque ela já era nossa, mesmo sem ter sido totalmente levada por nossos desejos, vícios e pensamentos. Nós subornamos e satisfazemos os desejos daqueles que sabemos que irão levar muitos consigo: influenciadores natos, artistas, comunicadores, políticos, pessoas reconhecidas, veneradas e imitadas por uma grande massa. Nesses nós investimos porque o retorno é garantido.

Nos atentamos também aos filhos do outro lado, porque quando decidem influenciar, podem causar grandes estragos aos nossos planos. Era esta a razão pela qual queríamos atacar Camille e outros como ela: além de odiarmos o fato de eles poderem viver eternamente ao lado do Soberano, se usarem os dons que receberam e contarem aos nossos escravos que existe esperança, então serão capazes de atrapalhar todo o nosso planejamento.

Em Daniela não havia nada que merecesse a nossa total atenção. Preferíamos que ela continuasse em sua vida medíocre com relacionamentos ordinários e presa ao seu próprio modo de viver egocêntrico — essa garotinha já era nossa.

Naquele dia ela ia fazer o que costumava fazer todos os finais de semana — se encontrar com o namoradinho e ir com amigas a uma das muitas casas noturnas que existem na cidade. Nestes locais ela recebia um tratamento de rainha, ganhava cortesia para entrar, alimentação e bebida alcoólica gratuitas, além de receber olhares e elogios dos outros frequentadores. Lá, o ego de Daniela era amaciado e ela se sentia mais bem tratada do que na casa dos pais. Além disso, o namoradinho de Daniela gostava dela, mas era um garotão egocêntrico que também se envolvia com outras meninas. Ela sabia disso e não dispensava um olhar de admiração e desejo de outros homens, pois era a única forma de ela se sentir importante.

Enquanto Daniela estava em casa se aprontando para sair, fiz com que se lembrasse da existência de Camille através de um pensamento disfarçado, como se fosse fazer um bem à jovem brasileira levando-a a esses lugares e lhe apresentando novas amizades. Ela até tentou ligar para Camille, mas não foi atendida, então foi para um dos clubes enquanto eu lhe lançava pensamentos insistentes e urgentes de que ela precisava se aproximar mais de Camille.

Quando Daniela estava se dirigindo ao clube para jantar, dançar e beber algumas, eu percebi que teria tempo de seguir Camille e, quem sabe, alimentar os pensamentos dela com algumas ideias minhas. Tentei fazer a garota achar que o lugar para o qual estava indo era longe e trabalhoso de chegar, mas não tive sucesso. Sinceramente, eu não nutria esperanças de evitar o encontro dela com o Divino — quando Ele decide que se deixará encontrar por um dos seus filhos, nem eu ou qualquer coisa no universo consegue impedir. Como eu já disse, quando se trata dos celestiais, uma batalha ainda pode ser travada, mas quando se trata Dele, não há nada que possamos fazer a não ser observar de longe.

Tentei acompanhar Camille até certo ponto, mas havia um celestial à paisana e eu sabia que ele havia recebido ordens de me impedir caso eu tentasse me aproximar demais dela. Então fiquei observando de longe enquanto ela entrava e a movimentação de alguns outros filhos. A Comunidade não é o tipo de lugar do qual gosto de me aproximar, não é um ambiente dominado pelo nosso mundo — e não me refiro à estrutura do prédio, mas à quantidade de celestiais e filhos reunidos em um só local —, isso me causa arrepios. Entenda, eu odeio todos os seres humanos e todos eles me causam nojo, mas pelos filhos alimento um sentimento diferente, uma raiva agonizante por existirem e por terem recebido o direito de viver onde eu nunca mais poderei morar.

De qualquer forma, apesar de distante, tenho olhos muitos bons e, como eu havia previsto, Camille não foi notada. Paul seria o único capaz de atrapalhar os meus planos e ajudá-la a se relacionar com os demais filhos, mas eu conhecia — e odiava — o garoto, pois sabia quanto ele era um trabalhador ativo para o outro lado. O rapazinho sempre chegava muito antes e saía muito depois dos encontros, normalmente estava tão atarefado com os afazeres da Comunidade que quase não tinha tempo para se relacionar com as pessoas que convidava para a reunião, por isso eu tinha certeza de que ele se esqueceria de Camille.

Fiquei mais um tempo observando a garota entrar, então a música começou e Ele se manifestou tão fortemente que fiquei cego por alguns instantes. A partir daí eu já sabia que seria impossível insistir em observá-la — o Divino habita naquele tipo de música —, Ele estava disposto a se deixar encontrar por ela. Foi então que percebi que a importância de Camille era maior do que eu imaginava, e isso me preocupou profundamente: quanto mais próximos os filhos estão do Soberano, mais os celestiais interferem no mundo deles e, consequentemente, no nosso. Decidi, então, não contar apenas com a influência de Daniela e ser um pouco mais agressivo nas minhas armadilhas. Assim, sem demora, acionei o meu coringa.

10

A batalha da mente

Finalmente cheguei na rua de casa e, apesar dos sapatos novos, meus pés ainda estavam machucados. Mesmo com a dor latejante, eu estava sentindo uma paz que excedia qualquer mal-estar físico.

Ao tentar abrir a porta, não acreditei no que estava acontecendo: estava trancada e eu não tinha a chave! Com toda a correria eu havia me esquecido de pedir a chave de uma das meninas para tirar uma cópia, então toquei a campainha várias vezes, mas nenhuma das minhas colegas estava em casa, já era tarde da noite e eu não tinha para onde ir.

Decidi pegar o celular e procurar o único número de telefone que eu tinha — o contato da Daniela. Foi quando vi que ela havia me ligado várias vezes, e não precisou de muitos toques para me atender.

— Oi, Camille! Como você está? Você sumiu!

— Oi, Dani, desculpe, eu não quis te incomodar hoje. Estou desesperada, acabei de chegar em casa e não tenho as chaves!

À medida que eu falava, escutei um ruído de música alta onde a Daniela estava e tive a sensação de que ela tinha posto o telefone no viva-voz para que mais alguém me escutasse.

Daniela mal tinha começado a me responder quando uma voz familiar gritou extremamente animada:

— Oi, Camille, pode deixar que eu vou até aí te resgatar! Quem está falando é o Léo.

— Oi, Léo! Que bom te ouvir, não precisa se incomodar, eu procuro algum restaurante próximo para esperar a Daniela voltar.

— A Daniela não vai voltar tão cedo, fica tranquila que chego aí rapidinho. Até logo!

Foi muito bom escutar a voz do Léo e saber que ele estava indo até mim. Ele foi a primeira pessoa que eu conheci ao chegar ao país e com quem mais me identifiquei. Ele tinha um jeito atraente e cativante, sua fala me trazia confiança e proteção.

Em poucos minutos Léo chegou, saiu do carro e veio me dar um abraço apertado e amigável.

— Que saudade, Camille! Os últimos dias foram tão corridos que não consegui vir te ver novamente. Fiquei tão feliz quando escutei a sua voz no telefone da Daniela! Eu havia acabado de dar uma bronca nela por não ter levado você junto.

— Ela tentou me ligar, mas só vi as ligações agora — disse eu. — Que bom que você chegou, eu estava preocupada por não conseguir entrar em casa a esta hora da noite. A Daniela te deu as chaves?

— De jeito nenhum — disse ele. — Eu nem pensei em pedir as chaves para ela, nós vamos sair juntos e depois eu te levo até ela.

— Puxa, Léo. Eu agradeço o convite, mas estou tão exausta. Hoje o dia foi bem cansativo e estou com os pés muito machucados.

— Eu te levo no colo — ele disse com um olhar acolhedor, já se abaixando para de fato me carregar. — Vamos comer alguma coisa.

— Não precisa me carregar! — respondi, sorrindo. — A minha situação não está tão crítica assim. Vou aceitar o seu convite graças a sua insistência!

Léo então me levou a um lugar bem acolhedor. Pelo que notei, a maioria dos frequentadores do local eram casais, o espaço era bem intimista, com luzes baixas e quentes, ideal para uma boa conversa.

Ele me perguntou o que eu estava achando da nova rotina, da cidade e das pessoas, e expliquei que tudo ainda era muito novo para mim. Admiti minha dificuldade de fazer amigos e que isso estava me incomodando um pouco.

— Tenha paciência — disse ele. — Os parisienses têm uma cultura diferente da sua, são mais frios e fechados. As modelos também, embora sejam de outros países, a grande maioria é da Europa Ocidental, por isso elas têm um modo de se relacionar parecido com o daqui. Talvez você tenha um pouco mais de facilidade com as garotas latinas, fica tranquila que você vai conhecer algumas entre um teste e outro, elas são bem fáceis de identificar.

Dei risada do comentário de Léo, as latinas realmente gesticulam mais, falam mais alto, riem mais e brigam mais — não era tão difícil identificá-las.

Léo então perguntou sobre a minha rotina no Brasil. Pediu detalhes sobre a minha família, os meus amigos e os ambientes que eu frequentava, e parecia surpreso com as minhas respostas, como se o meu modo de vida divergisse muito do dele ou da maneira que ele enxergava as minhas convicções.

— A sua vida parece quase perfeita, Camille. Uma família feliz e acolhedora, amigos e pessoas próximas que se importam com você. Eu fico um tanto curioso sobre a real razão de se aventurar neste novo mundo, você obviamente tem potencial para seguir essa carreira e se dar bem nela, mas que vida é essa que uma menina que tem quase tudo tanto deseja? Perdão se estou sendo muito intrometido, juro que é pura curiosidade.

— Bem, eu não sei — disse eu, confusa com a pergunta que ele havia acabado de me fazer. Um questionamento tão simples e tão difícil de responder. — Talvez eu queira conhecer uma vida além da que parece ter sido perfeitamente desenhada para mim. Acho que eu quero ter as minhas próprias convicções e conhecer o mundo como ele realmente é.

— Entendo você — disse Léo em um tom compreensivo. — Já passei por essa fase. Sinceramente não sei te dizer se foi bom para mim ou não, mas certamente será bom para você. Estou aqui para isso.

Fiquei um tanto envergonhada com o comentário dele, pareceu uma frase de duplo sentido, mas eu não queria criar falsas esperanças. Além disso, eu não estava lá para desenvolver este tipo de relacionamento.

— Então, me conte mais sobre a sua fé — pediu ele. — Você acabou de me contar que foi criada nesse ambiente e que acabou, inclusive, de vir de um lugar onde se sentiu em casa novamente.

— Eu nasci e cresci num lar confessional, até mesmo as escolas que frequentei eram confessionais. Enfim, tudo que me cercou sempre envolveu essa cultura. Não é que a minha vida tenha sido perfeita ou que minha família não tenha passado por dificuldades, mas eu estaria mentindo se não dissesse que talvez nossa visão de tudo seja diferente da das outras pessoas.

— É realmente uma criação muito diferente da que eu vivi — alegou ele. — Mas já ouvi falar sobre essa fé, eu tenho uma paixão especial por filosofia e alguns livros e estudos já me levaram a refletir sobre ela. Você já se perguntou se suas convicções não são apenas um reflexo de como você foi criada por sua família? E se tudo em que você acredita não for real, apenas aprendido e reproduzido por você?

— Já me perguntei sim, Léo. Em momentos difíceis questionei onde estava o "Pai amoroso" que sempre disseram que eu tinha. Tive dúvidas sobre como um Soberano que disseram me amar permitiria que eu passasse por algumas decepções. Mas a partir dessas dúvidas tive minhas próprias experiências com Ele.

— Que tipo de experiência? — indagou ele. — Você viu ou sentiu algo fisicamente diferente?

— Vi algumas coisas sim, não a olho nu, mas em pensamento. Presenciei pessoas perto de mim recebendo milagres e eu também senti emoções incomuns.

— Mas, Camille, o que te garante que todas essas coisas não são fruto da sua imaginação que você traduziu como realidade, considerando que esse é o mundo aprendido por sua mente?

Eu não soube responder. O que eu acreditava não era baseado em dados científicos ou em experiências testadas e comprovadas.

— Eu só sei, Léo. Eu sempre soube e, de alguma maneira, me sinto atraída por isso a todo momento. Negar isso é negar quem eu sou.

— E você sabe quem você é? — Ele perguntou com o olhar persuasivo fixo em mim.

Foi a primeira vez que eu vi aquele olhar, parecia haver algo ou alguém que não era aquele garoto por trás dele. De repente, como se despertando de um sonho ruim, Léo chacoalhou levemente a cabeça e piscou os olhos.

— Perdão pela minha intromissão mais uma vez, Ca, eu só fico curioso. Como eu disse, já vivi e estudei muitas coisas e consegui fugir de algo que costumo chamar de alienação. Foi libertador para mim, saí da minha bolha de pensamento, das regras inventadas e dos costumes ordinários. Não é que eu saiba sobre tudo, mas me orgulho de pensar diferente das pessoas e, embora infelizmente eu pertença a uma minoria, chegará um momento em que faremos barulho suficiente para acordar o restante. Espero ter mais tempo com você!

Sorri inocentemente para Léo, ele era muito inteligente e convincente. Parecia também ser um rapaz confiável, e a única coisa que me incomodava nele era um mistério que parecia cercá-lo em alguns momentos.

Terminamos o jantar e quando eu ia perguntar sobre a vida dele, seu telefone tocou:

— Já estamos indo, Daniela! — Ele tentou se explicar. — Vamos, Camille, a Daniela já está brava achando que vamos perder o aniversário dela.

— Hoje é o aniversário dela? — indaguei, extremamente surpresa. — Eu não sabia! Não comprei nada para ela, onde será a comemoração? Que vergonha chegar de mãos vazias!

Léo deu risada e falou para eu ficar tranquila, que a comemoração seria no clube mesmo.

— Que clube, Léo? Não costumo frequentar esses lugares.

— Não tenha medo, ninguém vai te morder. Além disso, ela ficará muito triste se você não aparecer. Será bem rapidinho.

Ele, então, me convenceu.

O INIMIGO

É óbvio que eu organizei tudo para que a casa em que Camille estava morando ficasse vazia e trancada, além de contar com a ajuda dos meus companheiros. Àquela hora da noite ela não teria alternativa senão ligar para que alguém viesse abrir o lugar para ela.

O que acontecia era que nesse horário as meninas saíam para jantar e dançar comigo, por isso, não foi difícil convencer Daniela a convidar Camille para conhecer um dos meus lugares favoritos na Terra.

Eu sabia que o encontro de Camille com o Divino tinha sido extremamente pessoal e poderoso; eu pretendia ir um pouco mais devagar e usar o meu coringa mais para frente, quando ela estivesse dominada pelas coisas terrenas, mas infelizmente não tive tempo para isso. Os celestiais estavam determinados a levar a garota para mais perto e, como não tenho autorização para tocá-la, me limitei a influenciá-la por outros meios: pessoas, mídias e pensamentos que eventualmente eu lançaria.

Por mais poderoso que eu seja, não posso separar os filhos do amor do Soberano; nada nem ninguém pode separá-los. Ainda que as minhas armadilhas sejam bem-sucedidas e os filhos caiam nelas a ponto de se tornarem reféns de seus pecados, o máximo que ocorrerá é eles serem afastados, *nunca separados*. Eu não tenho autorização para dominar os filhos, apenas os órfãos. Ainda assim, tenho limitações, pois se um órfão, ainda que totalmente dominado por mim e com cada parte do corpo e da mente amarrados, aceitar o convite do Filho do Soberano, então perco toda a autoridade que adquiri com muito esforço.

Eu sei, estou totalmente em desvantagem, tenho plena consciência disso. Por isso, não me iludo, a minha missão não é vencer a guerra — esta eu já perdi —, o meu propósito é vencer algumas batalhas e levar o máximo de seres humanos que eu conseguir comigo.

Camille foi-me dada como um grande desafio porque não somente a vida dela me interessava, mas a vida de todos aqueles que ela futuramente poderia influenciar.

Ela nasceu e cresceu em uma bolha guardada pelos celestiais, diferente de alguns que não têm esse "privilégio" — se é assim que devo chamar —, a garota foi cercada por um ambiente mais protegido e, consequentemente, mais difícil de ser acessado por nós. Ainda assim, de maneira nenhuma isso me atemorizou, ao contrário, observei nesses milênios de experiência que sociedades criadas em cidades altamente fortificadas nunca precisaram lutar e, obviamente, nunca se preparam para a guerra. São como animais criados em cativeiro: quando soltos, não conseguem sobreviver.

O ponto fraco de Camille era a sua própria mente — a brecha mais fácil de acessar. Ela não sofreu violência emocional, não passou por dificuldades financeiras, tampouco foi afligida por desavenças familiares ou amorosas, teve sim suas decepções, mas nada que se compare ao que a maioria das garotas da idade dela precisa passar. Por isso, a rebeldia, a inveja, o desapontamento com as coisas da vida e com o Soberano não a atingiram, não havia lacuna nesta área onde eu pudesse adentrar. No entanto, a mente de Camille não foi tão blindada quanto deveria, seus pais a protegeram por fora, mas não souberam educá-la para se proteger por dentro.

Ainda havia nela uma atração pelo que sempre viveu, mas lancei uma pequena semente de descontentamento pelo que ela acha que foi privada de viver. Plantei em sua mente a ideia de que ela não havia sido protegida, e sim presa, fiz ela pensar que sua vida era monótona, sem graça e sem cor. Cada dardo foi atirado no devido tempo, através de pessoas, redes sociais e da mídia, até que no momento oportuno eu a separei do seu bando para torná-la uma presa mais fácil e frágil. Longe das suas fortalezas, a mente da garota se tornou um solo mais fértil para as sementes que plantei e para as circunstâncias e pessoas que eu estava movendo para regá-las.

Como já comentei, não me iludi a ponto de achar que não haveria resistência por parte dos celestiais ou que eles não seriam enviados para protegê-la, no entanto, uma mente fraca é solo fértil para nós, enquanto uma mente cercada e blindada pelo que é bom aumenta a força deles. Por isso, ao longo da vida dela eu tentei garantir que sua mentalidade fosse confusa e cheia de dúvidas. Apesar disso, era impossível ter certeza de que ela sucumbiria às minhas ofertas; os seres humanos são um tanto imprevisíveis, para o bem ou para o mal.

A mente de cada pessoa é influenciada pelas circunstâncias terrenas — tudo o que toca os sentidos dos humanos tem poder para moldá-los, por isso afastei Camille do ambiente protegido. Tudo sairia conforme eu esperava se o Soberano não ficasse intervindo. Ainda bem, como já expliquei, que o tal livre-arbítrio nos dá a chance de vencer, pois os humanos são péssimos em reconhecer o que é realmente benéfico para eles e quase sempre tomam más decisões. O Criador, apesar de desejar tê-los por perto, precisa respeitar a lei do livre-arbítrio que Ele estabeleceu.

11

Os portais

Já era tarde da noite e eu estava extremamente exausta, tudo o que eu queria era me deitar e descansar. Meus pés ainda doíam, o dia tinha sido bem intenso e eu precisava assimilar tudo o que eu havia vivenciado na Comunidade. Chegamos ao clube e eu sabia que ficaria lá até altas horas da madrugada, não porque eu queria, mas porque estava de carona e as meninas com as quais eu morava chegavam muito tarde.

Léo não precisou entrar na fila e apenas mostrou um documento para os recepcionistas, achei estranho porque é o tipo de lugar onde as pessoas pagam para entrar. Tive a sensação de que já estava combinado que eu iria com ele ou que ele possuía algum tipo de ingresso VIP.

Passando a recepção, Léo pegou minha mão e seguiu em frente como se estivesse me guiando. Confesso que nunca tinha sentido aquilo antes e foi maravilhoso, era a primeira vez que eu vivenciava esse tipo de intimidade com um rapaz, nunca fui o tipo de garota que se envolvia dessa forma com meninos, nunca tinha namorado ou mesmo flertado com eles. No exato momento em que ele ofereceu a mão e começamos a andar pelos corredores do clube, fui tomada por um sentimento de proteção e cuidado.

A experiência de ser guiada e defendida por um homem por quem você sente certa atração é anestesiante. De qualquer maneira, não criei expectativas com algo tão simples — apesar de o gesto ter desencadeado em mim uma série de emoções e pensamentos, eu sabia que para outras pessoas era extremamente comum e não significava nada.

À medida que adentrávamos o clube, observei os jovens sorrindo, dançando e bebendo à minha volta. O local era muito maior do que aparentava e, apesar dos canhões de luz que piscavam freneticamente por todos os lados, o ambiente era muito escuro. A música era alta e envolvente e, devo dizer, era quase impossível estar lá e não sentir vontade de dançar. Minhas roupas e minha aparência pareciam destoar totalmente do contexto, era nítido que eu não havia me preparado para estar ali. Apesar da gritante diferença entre a minha imagem e a das outras pessoas que frequentavam o lugar, eu não me senti um peixe fora d'água. Cada pessoa pela qual eu passava me notava com um olhar simpático e um belo sorriso; acenavam com a cabeça, apesar de desconhecidos, e pareciam extremamente satisfeitos por estarem ali.

Após alguns metros desbravando o lugar, encontramos Daniela e algumas das meninas que moravam com a gente, além de alguns rapazes com quem eu já havia visto elas conversarem nas filas de testes. Um dos garotos estava de pé em cima do sofá com uma garrafa de champanhe nas mãos, gargalhando e dançando. A feição das meninas da casa estava totalmente diferente da que eu via no dia a dia: elas estavam soltas, rindo, conversando e extremamente simpáticas.

Assim que me viu, Daniela correu em minha direção e me deu um abraço apertado.

— Que bom que você veio! — ela disse. — Sinceramente achei que seria difícil ver esta cena, mas conheço o Léo e não duvidei da capacidade dele de te convencer a estar aqui.

— Sim, ele é bem persuasivo quando quer — respondi —, mas eu vim por você, sei que é um dia importante!

— Estou me divertindo muito. Eu não sei se você já frequentou lugares assim, mas fique à vontade, a bebida é de graça, inclusive a alcoólica. Se sentir fome, os meninos descolam alguns petiscos para você, daqui a pouco também chega o bolo — disse ela empolgada.

— Fica tranquila, Dani, estou sem fome, o Léo me levou para jantar. Vou me sentar um pouco, estou cansada, mas pretendo apreciar o momento com vocês.

Conforme eu me aproximava do sofá, as meninas que moravam na casa me abraçavam e me cumprimentavam, elas estavam extremamente acolhedoras e pareciam estar felizes por eu estar lá. Era como se eu finalmente tivesse entrado para o grupo delas e pudesse ter acesso a quem realmente eram. Eu estava cansada, mas me senti tão bem-vinda pelas pessoas, inclusive as desconhecidas, que não tive vontade de ir embora. Fiquei, então, apenas observando a movimentação enquanto volta e meia alguém se aproximava e puxava uma boa conversa.

Léo ficou um bom tempo ali por perto, às vezes eu tinha a sensação de que ele me observava com admiração. Num certo momento, fui buscar um energético no bar e quando voltei ele não estava mais lá. Esperei um pouco antes de perguntar se Daniela o havia visto, ela me disse que não, mas que eu não deveria me preocupar porque a minha carona estava garantida.

As horas avançavam e, apesar da música e do clima envolvente, fui ficando entediada. Léo não voltou mais e as pessoas ao meu redor já não pareciam elas mesmas, falavam de forma desconexa e até cambaleavam um pouco. O bolo finalmente chegou e cantamos "parabéns". Já eram três da manhã quando Daniela notou que eu estava quase dormindo no sofá e me perguntou, com um olhar preocupado, se eu estava muito cansada e se eu queria ir para casa. Eu acenei que sim.

Daniela saiu e conversou com um rapaz. Ele, também muito simpático e extrovertido, aproximou-se e se apresentou como Nikolas, dizendo que ia me levar para casa. Daniela me entregou as chaves dela e o garoto pegou a minha mão e a de uma garota que parecia ser a sua namorada.

Saímos andando os três pelo clube em direção à saída, e notei que o olhar das pessoas estava diferente. Era como se elas não estivessem mais ali, eu não tinha certeza se eram os efeitos da quantidade de álcool que provavelmente ingeriram, mas elas estavam num ritmo mais lento, aparentando cansaço e enfado. Eu diria que estavam mais relaxadas se seus olhos não revelassem certa tristeza. Era comum ver, principalmente nos cantos do clube, rapazes acariciando garotas claramente bêbadas, vomitando — amparados por outros rapazes e mais pessoas dormindo nos sofás.

Quase dormi no caminho para casa, mas resisti à vontade de me deitar enquanto conversava com Nikolas, que, ainda bem, não estava bêbado como os demais — ao contrário da namorada, que intercalava momentos acordada e dormindo. Finalmente cheguei em casa, tirei os sapatos e me deitei, exausta, sem nem pensar em tomar um banho. Tinha muitas informações e emoções para assimilar — pela primeira vez me sentia vivendo as minhas próprias experiências e tirando as minhas próprias conclusões sobre as pessoas e sobre a vida.

O INIMIGO

Finalmente eu havia conseguido levar Camille para um dos meus lugares favoritos na Terra. Não se engane, estou em todos os lugares e ambientes, mas tenho sim meus preferidos, aqueles onde somos maioria e temos certa liberdade para agir. Seria muita inocência da sua parte, meu caro leitor, achar que eu não entro na sua casa, na sua Comunidade e nos lugares que você considera seguros.

Nós estamos em praticamente todos os locais, instituições e organizações. Apesar de não termos o poder da onipresença como o Divino, somos muitos e somos extremamente intencionais em cada espaço em que nos apresentamos. Às vezes só observamos e arquitetamos contra os filhos, mas de vez em quando usamos algum dos nossos para fazer nossas vontades, recebemos até permissão para habitar alguns deles e, claro, também nos divertimos e participamos ativamente da desgraça de outros.

Ainda que estejamos em quase todos os lugares, conforme já expliquei, preferimos evitar os locais com muitos celestiais, estes são mais numerosos que nós e também costumam dominar alguns ambientes. Engana-se quem pensa que ficamos guerreando e nos hostilizando por aí, todos em nosso mundo costumam agir racionalmente e só entramos em guerras que realmente valham a pena.

O clube é um dos lugares em que somos maioria porque os próprios frequentadores nos dão certa liberdade. Obviamente eles não nos dão autonomia conscientemente, *tudo é muito sutil*: as roupas com que se vestem, as intenções pelas quais frequentam esses lugares, a libertinagem que praticam, as palavras que saem de suas bocas e, claro, as músicas que ali tocam dão lugar a nós.

As músicas têm um papel especial em tudo isso: enquanto as melodias e letras para os humanos são só mais uma distração, uma fonte de prazer, para nós elas funcionam como um portal. Da mesma maneira que o Divino habita em algumas músicas, nós também temos nossas preferidas. Nós usamos as canções para manipular a mente, mudar pensamentos, corromper corpos através da dança e, sobretudo, para acessar a todos que se entregam às letras e melodias. Somos capazes até de inspirar alguns a escreverem músicas que sabemos que serão grandes portais para a nossa entrada, a estes artistas damos fama, dinheiro e visibilidade, assim mais portais são abertos em mais mentes.

O som é um canal de poder tanto para o outro lado quanto para o nosso, cada batida produzida é tão poderosa que pode trazer o Divino à Terra e nos expulsar. Da mesma forma, as músicas produzidas por nós e para nós nos dão acesso para manipular e habitar em quem as ouve. É por isso que gostamos tanto de clubes, lá as pessoas se abrem a nós muito mais facilmente, visto que as intenções, os vícios e os comportamentos delas as tornam mais vulneráveis. No clube, nós não ficamos apenas observando, lá nós dançamos junto com os frequentadores.

Alguns humanos dão lugar a nós, depois ousam argumentar que não sabiam o que estavam fazendo quando nos deram tal liberdade, eu só lamento por eles — não é porque não se conhece uma lei que ela deixa de existir, as consequências virão alegando-se ignorância ou não.

Fazer Camille se sentir à vontade num ambiente onde vários portais são abertos foi um grande começo. Nós sabemos ser convidativos e simpáticos quando queremos — treinamos o subconsciente dos nossos para acolher qualquer carne nova com excelência.

Infelizmente Camille não entrou sozinha, e não é do Léo que eu estou falando — dois celestiais a escoltaram durante todo o tempo. Eu sabia que não a entregariam de bandeja para nós, até porque eles se afastam somente quando os humanos nos dão autorização para agir, e Camille não fez nada que nos desse permissão para tocá-la. Seria um grande bônus se isso acontecesse, mas não me iludi a pensar que ela se encantaria com os nossos prazeres logo de primeira. Uma vida toda, desde a infância, em meio aos celestiais, sendo protegida e criando muralhas espirituais em sua mente, não se esvai em apenas uma noite.

Além disso, o Divino não renunciaria a ela tão facilmente, os pedidos de seus pais com certeza estavam sendo considerados por Ele, pedidos estes que Lhe foram feitos desde que descobriram que Camille estava sendo formada. Cada intercessão ao Soberano é bem guardada e será considerada por Ele para sempre. No momento oportuno, Ele dará a ordem aos celestiais — isso quando Ele mesmo não decide intervir.

Algumas das pessoas que, amparadas pelo livre-arbítrio, escolhem rejeitar o Soberano, acabam voltando para Ele, o que me faz questionar até que ponto consigo interferir em algo. De qualquer forma, ainda que sejamos extremamente astutos e conheçamos a Lei mais do que os homens, existem segredos que nunca entenderemos e provavelmente não nos serão revelados. Tudo isso poderia nos desanimar, mas não temos tempo e nem sabedoria suficiente para tentar entender os mistérios por trás do Divino, o que nos interessa é aceitar a realidade como ela é e arrastar o maior número de seres humanos conosco para o sofrimento eterno, seja como, quando e quem quer que seja.

Sobre a experiência de Camille no clube, eu não tinha acesso aos pensamentos dela, mas sabia muito bem ler a linguagem corporal e prestar atenção no que ela disse. Eu verifiquei que no início ela estranhou o lugar, mas também percebi a reação dela quando as pessoas a cumprimentavam, e tive certeza de que se sentiu acolhida e parte do grupo. Infelizmente, a garota ficou lá mais tempo do que eu pretendia que ela ficasse e para uma pessoa desacostumada ao ambiente, que não esteja bêbada o suficiente para perder o discernimento, o final da festa pode parecer um pouco chocante. Mas acreditei, sinceramente — se é que posso ser considerado sincero em algo —, que ela iria se acostumar aos poucos com o nosso território como um sapo que não pula se a temperatura da água aumentar gradativamente. Quando percebe o que está acontecendo, já está fraco demais para sair.

12

Os filhos

Domingo de manhã foi um dos dias mais difíceis desde que cheguei em Paris. Os demais dias eram corridos, cheios com a rotina, os testes e as programações, tornando tudo mais exaustivo, mas ocupando o corpo e a mente até o anoitecer.

Já no domingo não havia compromissos ou atividades que me mantivessem focada e ocupada, era um dia de descanso e cada uma fazia o que achava melhor. Deveria ser um dia bom, mas não era — aos domingos eu e a minha família tomávamos nosso café da manhã juntos. Com calma e tranquilidade conversávamos sobre a semana, programávamos nossa tarde e tínhamos um momento importante em família. No final da tarde, começávamos a nos arrumar para ir à Comunidade à noite e, sempre unidos, íamos no mesmo carro, nos sentávamos juntos e voltávamos para jantar e descansar para recomeçar a semana. A rotina dos domingos foi assim praticamente a minha vida toda — um dia para nos conectarmos mais uns com os outros e com o Soberano, sem pressa.

Naquela manhã, acordei me sentindo perdida, levantei-me para tomar café e um vazio inexplicável tomou conta do meu peito — eu queria estar na minha casa com as pessoas que eu amo e compartilhando a minha vida com quem realmente parecia se importar comigo.

Fiquei tentada a ligar para os meus pais para preencher um pouco do vazio que estava sentindo, mas lembrei que, devido à diferença de fuso horário, eles provavelmente estariam dormindo. As meninas que moravam comigo também estavam quase todas descansando ainda — depois de uma madrugada de festa, elas estavam apagadas na cama ou se levantando sonolentas e com ressaca.

Decidi, então, tirar o dia para terminar de organizar algumas coisas que ainda estavam na mala e arrumá-las no armário quando, em meio às roupas, encontrei a Lei. Eu tinha até esquecido que a havia levado e, para ser sincera, ainda estava em dúvida se havia sido eu ou um dos meus pais que a colocara na mala.

Dentro da Lei, um marca-páginas demarcava o último trecho que eu havia lido antes de vir para Paris — meus olhos se encheram de lágrimas —, e me lembrei do dia em que este trecho foi lido: eu estava com minha mãe na sala do mestre para ele me dar um direcionamento e pedir por proteção e cuidado durante a viagem.

Folheei mais algumas páginas e o meu coração foi se tranquilizando à medida que eu lia cada palavra, apesar de estar muito longe do meu lar, me senti acompanhada por Ele, meu melhor amigo. Fazia tempo que não conversávamos e que eu não compartilhava meus pensamentos, medos e preocupações. Longe da minha família, senti uma necessidade avassaladora de me aconchegar Naquele que eu sabia que realmente me amava. Naquele momento, Ele era tudo o que eu tinha, Ele era tudo de que eu precisava.

Enquanto eu conversava com o Soberano, vivenciei novamente a experiência do dia anterior na Comunidade, me senti protegida e em casa. O vazio deu lugar à esperança de que nada havia saído do controle e de que não importava onde ou com quem eu estivesse, Ele também estaria lá, me guiando, me protegendo e me direcionando.

Li mais alguns trechos da Lei até perceber que Daniela estava acordada. Com os olhos bem inchados e parecendo de ressaca, ela se levantou meio cambaleante, bebeu um copo d'água e olhou para mim. Me desejou um bom-dia meio desanimado, foi tomar um banho e logo estava de volta tentando puxar assunto comigo como se quisesse agradecer o meu esforço de estar presente na festa de aniversário dela.

— Como você está, Ca? O Nikolas te trouxe direitinho? — perguntou ela.

— Trouxe, sim, Dani. Ele foi muito simpático e gentil, disse que estaria à disposição se eu precisasse de qualquer coisa.

— O Nikolas é uma pessoa especial, tem um coração gigantesco. Fiquei muito feliz pela sua presença ontem na minha festa, as meninas vão ao clube todos os finais de semana, então eu sabia que elas estariam lá, mas te ver lá foi um grande gesto. Eu sei que você não costuma frequentar lugares assim e que se esforçou para me fazer feliz. Obrigada!

— Imagina, Dani. Apesar do cansaço foi divertido estar lá, fiz algumas amizades e conversei mais com algumas meninas aqui da casa. Só não aproveitei mais porque eu realmente estava muito cansada e o meu corpo não tinha mais energia para fazer qualquer coisa.

— Eu entendo, por isso agradeço o seu esforço, me fez te admirar ainda mais. Acho que nem meus pais fariam isso por mim.

Enquanto falava a última frase, Daniela olhou para baixo e seus olhos marejaram. Alguma lembrança parecia ter lhe causado tristeza. Naquele momento, pensei que, enquanto eu chorava pelas manhãs de domingo que vivi, ela parecia chorar pelas manhãs que nunca teve a oportunidade de experimentar.

— Mas então, Ca, o que você está lendo? — indagou ela.

— Estou lendo a Lei, meus pais devem tê-la colocado na minha mala. Você já ouviu falar?

— Já sim, mas só ouvi falar mesmo. Sei que fala sobre o Divino, perdão e algo sobre pecado, mas nunca me interessei em saber mais. Isso tudo sempre esteve muito longe da minha realidade, além disso, sei que tem muitas regras e não consigo entender como alguém hoje em dia se submete a isso. Desculpe a franqueza, estou sendo sincera.

— Sim, eu entendo! Esses questionamentos já passaram na minha mente, mas com o tempo, a meditação, o ensino e a minha criação fui amadurecendo e compreendendo melhor a Lei. As regras não foram feitas para nos aprisionar, ao contrário, foram feitas para nos proteger e nos libertar. As pessoas distorceram muito o conceito de liberdade, falam da Lei como se ela as proibisse de pensar e fazer o que quiserem. Contudo, quando nos rendemos totalmente às nossas emoções, paixões e vícios é que somos aprisionados, vivemos segundo nós mesmos, reféns das nossas vontades e das impressões e opiniões dos outros sobre nós. A Lei serve para nos proteger de nós mesmos e para que encontremos na disciplina, no amor ao próximo e no Redentor a *verdadeira liberdade*.

— Puxa, eu nunca pensei por este lado, de qualquer forma, nunca entendi direito essa parte do Redentor. Me parece um conto de fadas escrito há muitos anos e inventado para enganar as pessoas ou proporcionar alguma explicação para o nosso sofrimento. Além do mais, o medo da morte e do desconhecido sempre permeou e permeia a mente dos homens, a Lei parece tentar apenas trazer um pouco de esperança às mentes fracas.

— Dani, quantas pessoas você conhece que morreriam por uma história inventada? Bem, os homens que escreveram a Lei foram perseguidos e mortos por ela. Além do mais, qual a mente mais fraca? Aquela que desacredita em tudo e vive segundo suas próprias vontades e desejos ou a que, apesar de ser inclinada a fazer o que quer, se submete à disciplina e escolhe ser diferente e melhor do que seus impulsos primitivos?

— São perguntas muito complexas para esta hora da manhã, Camille — disse ela, sorrindo. — Mas eu vou refletir sobre elas. Tudo isso que você aprendeu foi a sua família que te ensinou ou você pesquisou sozinha?

— De tudo um pouco, eu aprendi pesquisando e lendo sozinha, mas o ambiente em que fui criada também contribuiu para a minha formação: família, escola, Comunidade etc. É como aprender outra língua, a sua capacidade de aprendizagem aumenta exponencialmente quando você está imerso num ambiente envolvido por ela.

Os olhos de Daniela brilhavam com as informações que ela recebia quando o celular dela tocou e ela pediu licença para atender.

Fechei então a Lei e me senti alimentada por aquilo que eu havia acabado de falar. Era como se falar sobre a Lei tivesse tanto poder quanto lê-la. Além do mais, me surpreendi comigo mesma, talvez eu estivesse enganada sobre as minhas convicções serem baseadas apenas no que me disseram, talvez eu já tivesse chegado às minhas próprias conclusões por meio de minhas experiências. Minhas dúvidas pareciam uma tentativa de autossabotagem de uma mente inclinada às próprias vontades ou uma mentira bem contada plantada na minha cabeça por um outro alguém.

O INIMIGO

Tudo parecia caminhar perfeitamente bem, eu havia conseguido levar Camille para um dos meus lugares favoritos e fazer com que ela se sentisse acolhida pelos nossos. Essa sempre foi uma das minhas melhores estratégias: envolver minhas presas em minhas influências até que pouco a pouco cada uma delas perde a sua verdadeira identidade e seus pensamentos e comportamentos se assemelham mais e mais aos dos grupos com os quais caminham.

A Comunidade ainda não entende sua própria importância, os membros vivem sempre preocupados com os próprios problemas e, quando intercedem, é por si mesmos. Eles não amam ao próximo como pregam e tampouco se comprometem com o estilo de vida que dizem viver, assim como todos os outros, são seletivos em suas companhias e quando fazem algum esforço para ajudar ou estar com um potencial filho, preferem os mais ricos, simpáticos ou os socialmente bem-vistos. Isso porque sempre desejam algo em troca, ainda que inconscientemente, e são levados por inclinações egoístas até mesmo em suas relações sociais.

Meus escravos, apesar de totalmente envolvidos e presos em suas próprias paixões, vontades e pecados, acreditam estar fazendo algo bom quando influenciam alguém. Eu os convenço de que a vida miserável e libertina que levam, apesar de ser obviamente vazia, é suficiente e completa. Quando começam a se sentir fúteis e sem propósito, imediatamente lhes apresento outro pecado ou vício que logo lhes proporciona um alívio temporário, mas satisfatório, até que eu encontre algo que os distrairá e os afundará até não ter mais volta.

Os meus, enquanto satisfeitos, acreditam tanto que suas vidas são boas que fazem questão de compartilhá-la e influenciar outros a viverem da mesma forma. Não o fazem por quererem a desgraça do outro, mas porque estão cegos. Deste modo, conseguem levar muitos consigo e quando se dão conta do poço de depressão, vício e desespero no qual se meteram, já é tarde demais: ou percebem que estão em um caminho sem volta e morrem por dentro devido às consequências de suas decisões ou desistem de si mesmos e tiram a própria vida.

Há também aqueles que eu gosto de chamar de "meus filhos", mas não se engane, não dou esse título a qualquer um. Para ser considerado meu filho, precisa ser tão perverso, mentiroso, sem caráter e desrespeitoso quanto eu. As minhas crianças, quando conhecidas por suas maldades com outros humanos, são os famosos psicopatas, terroristas, sociopatas, estupradores, assassinos etc. Mas esses são filhos burros, porque deixaram que descobrissem as suas maldades e, por isso, só me são úteis para destruir a vida de algumas poucas pessoas.

Também há outros a quem chamo de "minhas crianças", mas quase ninguém os identifica. Tenho orgulho de dizer que são meus porque são tão perversos quanto os outros, mas são discretos, muito mais influentes, poderosos, admirados e capazes de influenciar incontáveis pessoas. A classe mais comum normalmente são políticos, CEOS, grandes empresários, cantores, artistas e influenciadores, mas não são os únicos, eles estão em todas as áreas, profissões e lugares. Meus filhos financiam os traficantes, os estupradores, os agiotas etc., eles movem e aparelham a sociedade. Vivem como se fossem durar eternamente e mal imaginam o que eu tenho preparado para eles na minha dimensão — sempre ficam surpresos quando descobrem que não sou um pai tão amoroso quanto pareço na dimensão deles. Mas enfim, assim como o Soberano, não tenho filhos prediletos, apenas filhos que me preferem.

Camille era uma filha do Divino, confusa, indecisa e imatura, é verdade, mas não deixava de ser filha Dele. Assim como os meus receberam habilidades e visibilidade dadas por mim, a garota também recebeu dons especiais vindos Dele. Camille não era perigosa para as batalhas daquele momento, mas seria nociva para os nossos planos com relação à humanidade no futuro próximo. Nós não desejávamos destruir a garota pelo que ela era, mas por quem imaginávamos que ela seria.

Ao contrário do que você pode estar pensando, não venceríamos a batalha se Camille afundasse em uma vida promíscua e viciada, isso seria excelente, mas acredito que o Soberano não permitiria que ela chegasse a este ponto. Tudo o que queríamos era paralisá-la, através do medo, da incredulidade, de algum trauma, da apatia ou de uma vida frívola e sem propósito. Provavelmente ela nunca seria nossa, mas precisávamos garantir que no futuro ela não levasse aqueles que poderiam ser nossos.

A dificuldade de minha missão se devia ao fato de ela ser extremamente protegida e amparada pelos celestiais, então uma casta menor não seria capaz de paralisá-la, precisava ser alguém astuto e poderoso.

Infelizmente, pela primeira vez, eu tinha a sensação de que estava começando a falhar em alguns pontos do meu plano.

Ainda que eu conseguisse fazê-la experimentar minhas melhores experiências, não era o suficiente. As dúvidas plantadas na mente dela durante o jantar com Léo e o acolhimento recebido no clube nem fizeram cócegas numa mentalidade bem mais preparada do que eu supunha — a força dela se revelou em seu momento de maior vulnerabilidade. Gostaria de chegar mais perto para que eu mesmo pudesse convencê-la de algumas coisas, mas os celestiais não me permitiam. Não é que eu não fosse capaz de vencer, eu tinha mais poder do que alguns que a escoltavam e certamente venceria uma batalha. Mas eu não queria provocar o Soberano naquele momento, ainda não era a hora e eu precisava manter essa guerra fria até o momento oportuno.

O fato de Camille não apenas abrir o Livro, mas apresentá-lo e explicá-lo para Daniela foi como uma facada no meu peito. A Lei derrubou os argumentos implantados por mim na mente da garota e perfurou a alma de Daniela. Com esta última eu não me importava tanto, mas eu tinha sido convocado para ganhar a batalha, não para perder e ainda sair desfalcado.

Imediatamente resolvi conversar com Thunder, meu companheiro de guerra desde a primeira batalha, um dos oficiais mais fortes do nosso exército. Thunder também faz parte do grande escalão, possui força e poder incomparáveis e atua como general em nossas batalhas mais difíceis. Esse meu companheiro não se limita a cuidar e se preocupar com seres pequenos, ele controla nações inteiras, pois é responsável pelos humanos mais poderosos do mundo.

No início, tive receio de acioná-lo por achar que a minha missão era miserável demais para ele, mas em virtude da nossa amizade e do relatório que recebi a respeito da potencial periculosidade de Camille para os nossos planos, decidi chamá-lo. Após analisar o histórico da garota, os antepassados dela, a guerra entre seus protetores e nossos exércitos por gerações e o dom especial que tememos imensamente que ela tenha recebido, ele se convenceu a me auxiliar nessa incumbência.

Naquele instante, a briga seria com os grandes e não estávamos abertos a qualquer possibilidade de falha.

13

O perigo da paixão

Daniela, então, desligou o telefone e veio falar comigo:

— Camille, eu estava falando com o Léo. Ele perguntou se você e eu queremos dar uma volta com ele, almoçar em algum lugar e conversar um pouco. O que você acha?

Na hora, imaginei que não teria problema dar uma volta; até que seria uma boa maneira de me distrair um pouco num dia difícil como aquele.

— Claro, Dani, vamos lá! — respondi. — Será bom para aproveitarmos e conversarmos um pouco mais, além de nos conhecermos melhor também.

Dani, animada, mandou uma mensagem para Léo confirmando o nosso encontro. Depois de prontas, enquanto esperávamos Léo, percebi que algumas coisas sobre ele estavam me incomodando, como comportamentos que eu não entendia e os sumiços sem explicação. Decidi, então, perguntar mais sobre ele para Daniela. Quem ele era? O que ele fazia? Eu estava com a sensação de que sempre que eu perguntava sobre a vida ou a família dele, Léo desviava do assunto e evitava falar sobre si.

— Dani, eu conheço o Léo faz pouco tempo, foi ele que me buscou no aeroporto quando cheguei. É uma pessoa extremamente simpática, educada e, pelo que me parece, é bastante seu amigo, não é?

— Camille, o Léo é bem próximo sim! Na realidade, também foi ele que me buscou quando cheguei aqui em Paris. É uma pessoa realmente muito simpática e sempre que eu preciso ele me ajuda em tudo. É uma ótima companhia.

— Ah, que legal. Eu só acho alguns comportamentos dele meio estranhos, ele costuma sumir às vezes. Ontem, por exemplo, achei que ele ia me levar de volta para casa, já que insistiu tanto para que eu estivesse lá, mas ele simplesmente desapareceu. É comum esse tipo de comportamento? Eu não sei se é a personalidade dele, se ele é discreto ou se, por alguma razão, ele não teve tempo de me dar explicações. Não que ele precise ou deva me dizer o que vai fazer sempre, mas sei lá, achei estranho.

— Confesso que mesmo estando há tanto tempo em Paris e convivendo com ele, sei poucos detalhes sobre a vida pessoal dele. O Léo realmente é uma pessoa muito discreta e quem o conhece mais é o Nikolas, o melhor amigo dele. Talvez ele possa te esclarecer algumas coisas, mas eu já me acostumei com esse jeito do Léo de aparecer e desaparecer de vez em quando.

Léo chegou, como sempre, naquele carro maravilhoso, com roupas de marca e com a simpatia e o sorriso que eu nunca havia notado em nenhum outro rapaz antes.

— Tudo bem, meninas? Como vocês estão? — Ele quis saber. — Fico feliz que tenham aceitado o meu convite. Hoje está um dia lindo para aproveitarmos as ruas de Paris. Será bom, Dani, pois teremos a oportunidade de mostrar mais desta cidade maravilhosa para a Camille. Pensei em irmos no Le Jardin. Aquele restaurante perto daquele jardim bonito no centro. O que vocês acham?

— Nossa, você vai amar esse restaurante, Ca — disse Daniela. — É maravilhoso, só o preço que é um pouco salgado.

— Não se preocupem com isso — disse Léo. — Hoje a refeição será por minha conta, já que fui eu que fiz o convite.

Chegamos ao restaurante e, de fato, era maravilhoso, com uma arquitetura francesa antiga, praticamente todo branco, próximo a um jardim no centro da cidade. Fiquei encantada com cada detalhe, inclusive com os pratos, que além de serem muito bem elaborados, eram muito saborosos.

— Léo — disse eu —, muito obrigada pelo convite! Estou amando essa experiência em Paris.

— Imagina, Ca. É o meu pedido de desculpas por ontem. Eu insisti tanto para que você estivesse no clube com a gente, mas precisei ir embora. Tive que atender uma emergência de família.

— Tudo bem, eu entendo! Mas me conte um pouco mais sobre você e sua família. Ficamos de conversar mais ontem, mas não tivemos tempo.

— Minha família é um tanto discreta e complicada. Meus pais são donos de uma empresa aqui em Paris.

— Puxa, que legal! Imaginei que você não fosse daqui por conta dos seus traços.

— Meus pais são descendentes de chineses, mas nasceram aqui. Eles são empresários e investem em outras empresas. Eu faço faculdade de ciências políticas e por isso tenho uma vida muito corrida, tento me organizar entre os meus compromissos e as provas, mas as minhas obrigações durante a semana não são meus únicos problemas, eu também tenho uma família muito complicada e difícil de lidar. Quase sempre eles precisam da minha presença e eu preciso atendê-los prontamente.

— Em cinco minutos de conversa, você já sabe mais sobre o Léo do que eu, Ca. — Daniela gargalhou e prosseguiu: — Léo, hoje eu e a Camille tivemos uma conversa muito interessante sobre a Lei. Eu acho que comentei com você sobre aquele amigo que me convidou para conhecer a Comunidade, mas como eu tenho um pouco de preconceito com as coisas que eles pregam, ou tinha, aliás, até conversar com a Camille hoje, acabei nunca aceitando o convite dele. Eu não sei se a Camille chegou a comentar, mas ela foi na Comunidade ontem. E aí, Ca, como foi a visita?

Naquele momento, confesso que fiquei receosa de contar a minha experiência para eles. Primeiro, porque não me senti bem recebida na Comunidade e, segundo, porque tive um momento totalmente pessoal e particular que se eu contasse, talvez me achassem meio doida e provavelmente não entenderiam.

— Foi legal — eu disse. — Uma boa experiência.

Léo então se inclinou para frente, como se estivesse muito interessado no que eu ia falar. Ele me deu um olhar um tanto estranho, misterioso. Algo nesse olhar me dava a impressão de que ele estava pronto para me criticar de alguma maneira. Como eu percebi que os dois estavam interessados no assunto, precisei ser um pouco mais detalhista.

— Eu gostei de lá, foi interessante. Confesso que não senti que as pessoas gostaram muito de mim ou se interessaram pela minha vida, mas não culpo ninguém por isso. Me parece ser mais uma questão cultural mesmo do que da própria Comunidade. No Brasil, nós costumamos ser mais unidos, conversamos mais e nos envolvemos mais na vida uns dos outros. Acho que tenho sentido esse choque cultural por aqui, então não os recrimino pela experiência que eu tive, talvez a minha expectativa fosse grande demais.

— De fato, Ca — disse Léo. — Aqui as pessoas são um pouco mais frias, cada um segue a sua vida e cuida da sua família. Não se abrem muito por uma questão cultural e de confiança também, por isso eu também não as julgo. Tudo tem prós e contras, e devo dizer que não me surpreende que você não tenha sido aceita como esperava, até porque você vem de um país muito caloroso nas relações sociais. Mas, então, me explique exatamente o que essa Comunidade faz?

— Bem, eles têm a mesma crença que eu: de que existe um Divino trino, sendo Criador e Pai, um Parakletos* que habita em nós e um Redentor que nos deu a oportunidade de reconhecer que Ele veio para nos salvar e nos redimir de nossos pecados.

— Sim, sim, eu conheço muito bem esse tipo de crença que vocês praticam. Mas confesso que acho uma história muito malcontada — disse Léo.

Enquanto isso, Daniela, que não tirava os olhos do celular, pediu licença, parecia que o namorado dela havia mandado uma mensagem a convidando para saírem juntos e conversarem um pouco.

— Me perdoa, gente. Eu sei que vocês me chamaram para sair, mas estou passando por uma fase complicada com meu namorado, tanto é que ele não foi ao aniversário ontem. Nós dois precisamos conversar. Se vocês não se importarem, vou me encontrar com ele.

— Imagina, Dani. Fica tranquila — falei.

Assim que ela saiu, Léo colocou as mãos em cima das minhas e comentou:

— Agora somos eu e você novamente. Sinto que ainda temos muito o que conversar.

* Palavra de origem grega que significa *advogado*, mas se refere ao Espírito Santo. (N.E.)

O INIMIGO

De início, eu pretendia agarrar Camille pelos meios que já expliquei anteriormente: as amizades, os lugares que ela iria frequentar, os ambientes. Aos poucos, provocaria algumas decepções em seus relacionamentos. Eu sabia que seria difícil fazer com que ela se pervertesse, mas como eu já disse, nunca tive a intenção de torná-la uma pessoa libertina ou de escravizá-la totalmente, só precisava controlá-la de alguma maneira, através de amizades, amores codependentes, traumas, medos ou, por que não, através da culpa e da sensação de indignidade que ela sentiria à medida que se desviasse dos bons costumes.

O mundo da moda é ótimo para isso: ele tira a identidade das garotas, rouba-lhes a inocência, é repleto de relacionamentos tóxicos, sujos e de pessoas invejosas e enciumadas — é excelente para causar decepções às aspirantes! Não é que seja um mundo totalmente dominado por nós, existem, sim, pessoas que pertencem ao outro lado, mas são poucas. A grande maioria são nossas escravas, para as quais temos, inclusive, planos especiais e individuais de sofrimento e dor para quando passarem para o nosso lado.

Com relação ao mundo fashion, até mesmo as roupas lançadas e as ideias por trás de cada vestimenta desenhada pelos estilistas são sugestões nossas; fazem parte de um plano de depreciação da imagem da mulher e do homem, *roubando a inocência e a decência através das roupas*. Elas são usadas não somente pelos órfãos, mas também por filhos do outro lado que acreditam que a roupa que vestem não faz diferença e não traz impactos espirituais — mais uma mentira bem contada por nós.

Quando a sexualização e a promiscuidade humanas conseguem chegar na maneira como as pessoas se vestem, então tudo fica mais fácil, pois alcançamos uma via rápida de propagação do pecado, usando as roupas para despertar maus pensamentos e promover traições e abusos. Então, construímos uma narrativa perfeita, em que cada um comanda o próprio corpo e faz as próprias regras, portanto pode se vestir como quiser. Mal sabem eles que as verdadeiras regras foram escritas *antes da criação do mundo* e que todos sofrerão as consequências dessas infrações.

Camille não era o tipo de garota pela qual Léo se interessaria, ele tinha outras preferências. Na verdade, foi uma feliz coincidência o caminho dos dois se entrelaçar. Léo, assim como a família dele, eram filhos nossos, mantidos sob o cuidado de Thunder.

Fui conversar com esse velho companheiro porque precisava pedir não somente autorização, mas ajuda para que o garoto fosse o xeque-mate em nosso jogo de xadrez.

Quando digo que Léo e a família dele eram nossos filhos, não estou me referindo apenas à escravidão ou a uma família presa por nossas amarras, como a de Daniela: eles eram mentirosos, enganadores e sem caráter. Léo era tão discreto porque os comportamentos dele e da sua família não podiam ser descobertos pela sociedade.

O pai de Léo era um dos membros mais influentes do parlamento francês, por isso, Thunder cuidava especialmente deles, já que esta família tinha a capacidade de influenciar muitas pessoas importantes a fazerem a nossa vontade, tanto na França quanto na Europa.

O pai do garoto estava por trás de inúmeras decisões tomadas na França, a mais recente delas era a autorização para a matança de crianças dentro do ventre de suas mães — a nossa mais eficiente estratégia desde o começo da humanidade para interromper propósitos por gerações.

Thunder possuía planos especiais para Léo, por isso precisei unir nossas forças em minha armadilha contra Camille. Não há nada mais potente para mudar mentes e cegar pessoas do que a paixão; fazer Camille se apaixonar por Léo, e quem sabe até levá-la a uma relação de dependência, seria uma das melhores maneiras de aniquilá-la e impedir a descendência dela para sempre.

Como eu já disse, não fui chamado para essa missão pelo que Camille era, mas pelo que podia se tornar. Infelizmente, não consegui interromper a gestação da mãe dela, tampouco acabar com ela na infância, mas agora que ela era mais independente e tinha pensamentos próprios, eu tinha uma ótima oportunidade para impedir a concretização do futuro que o Divino planejou para ela. Isto é, se Ele permitisse, pois nem sobre isso eu tenho controle.

14

A razão

Léo, com as mãos sobre as minhas, me lançou um olhar penetrante e misterioso. Ainda tinha dúvidas sobre as intenções dele, não sabia o que era natural na cultura ou seu jeito de ser e o que era, de fato, a revelação de um interesse especial por mim.

Como eu não estava acostumada com esse tipo de contato físico, abaixei envergonhada o olhar, fitei nossas mãos e, com um sorriso tímido que provavelmente denunciava o meu interesse, olhei de volta para ele e retirei as mãos. Em parte, tomei esta atitude porque fui pega de surpresa, mas eu também não queria que as coisas avançassem assim tão depressa.

— A comida estava deliciosa, Léo, e o lugar, então... é de tirar o fôlego. Sei que já agradeci algumas vezes, mas obrigada por me tirar da rotina e me oferecer experiências que provavelmente eu nunca teria no meu país.

— Imagina, Ca, eu gosto de agradar as pessoas e às vezes até sofro por isso, porque muitos se aproveitam de mim. Mas no seu caso, em especial, sinto algo diferente, sinto que posso ser eu mesmo com você e não te enxergo como as outras mulheres; você possui uma inocência e bondade que chegam até a me constranger.

Fiquei em silêncio, não sabia como reagir ou o que responder, eu nunca tinha chegado a um ponto desse com um rapaz antes. Acredito que Léo percebeu que eu estava ficando envergonhada com a situação e decidiu voltar ao assunto anterior, cuja pauta, sinceramente, não sei dizer se era uma boa ideia naquele momento.

— Bom, Ca, vamos continuar nossa conversa de antes. De maneira nenhuma eu quero criticar, aniquilar ou questionar o que você acredita, eu digo essas coisas porque eu realmente penso assim e talvez eu acredite que expor isso para você pode me fazer mudar de ideia ou ter uma visão diferente sobre as suas convicções.

— Léo, pode perguntar o que quiser, talvez eu não tenha todas as respostas, pois existem mistérios que nós nunca vamos descobrir ou entender. Pode ser que as respostas mais lógicas e racionais possíveis ainda sejam insuficientes para alterar ou mudar uma visão ou um preconceito que você tenha. De qualquer forma, uma das minha poucas e maiores alegrias é compartilhar o que eu aprendi, além de dar a oportunidade de as pessoas viverem aquilo que eu vivo.

— Fico feliz, Ca, que você interprete assim os meus questionamentos. Talvez, de fato, eu tenha uma visão superficial da sua crença, mas, claro, sempre vou te respeitar. O que eu sinto do fundo do meu coração é que tudo parece muito distante, superficial, ilógico e irracional, beirando um conto de fadas, uma história inventada por alguns para dominar outros ou uma maneira do ser humano dar alguma explicação para temas com os quais não consegue lidar, como o sofrimento e a morte. Eu sinceramente não consigo entender como um Soberano que pregam ser justo, cheio de amor e benevolência permite que a sua criação passe por tanto sofrimento, guerras, doenças, separações, maldade e injustiça. Até mesmo essa crença de que o Redentor deu a vida pelas criaturas me deixa mais indignado com a injustiça permitida por esse Soberano, já que um homem inocente é condenado a sofrer e morrer por causa da maldade e da iniquidade da humanidade.

— Eu entendo, Léo, são bons questionamentos, mas já temos por onde começar. Você acabou de admitir que o bem e o mal existem e que a justiça e a injustiça são verdades. Se a existência de um Soberano e do pecado são questionáveis, o que te faz acreditar e classificar o justo e o injusto ou o que é bom e mau?

— Neste caso, Ca, posso dizer que a lei moral existe e que somos guiados e doutrinados segundo essa lei que é comum a todas as pessoas.

— Entendi, mas o que faz a lei moral ser mais lógica e provável do que a existência de um Soberano? Além do mais, *quem criou a moralidade*? Qual é o conceito correto de moralidade? O que é moral para um por acaso não pode ser imoral ou injusto para outro, considerando que somos seres diferentes, com crenças, criações e culturas distintas?

— Você está correta nesse ponto. A moralidade também é uma questão subjetiva.

— Além do mais, Léo, não existe um conceito de justiça e injustiça comum a todos nós? Que talvez venha, digamos assim, como uma configuração de fábrica? E se existe, quem o criou? Quando você me pergunta como um Soberano bondoso permite que tantas coisas más aconteçam, será que entregar o Redentor não é uma prova da sua benignidade para com a humanidade? Uma chance de sermos redimidos por nossas maldades sem que precisemos pagar o preço delas?

Léo olhou para baixo enquanto eu falava e parecia um tanto reflexivo. Não sei se estava pensando sobre o que eu estava dizendo ou formulando pensamentos para me rebater.

— Mas, Ca — indagou ele, atordoado —, não foi esse Redentor vítima de uma grande injustiça ao ser punido por algo que não fez?

— Se olharmos como uma punição, sim, ele seria a vítima de uma grande injustiça. Mas se antes da humanidade existir foi feito um acordo determinando que um ser humano deveria pagar pela sua desobediência e iniquidade com a própria vida, então podemos dizer que o ser humano tinha uma dívida com alguém que requereu esse pagamento, e a única maneira de essa dívida ser paga seria um homem entregar a sua vida para saldá-la. Então, por este ponto de vista, a justiça foi feita e a dívida foi paga por alguém que voluntariamente se entregou por amor.

À medida que eu falava, Léo parecia se incomodar profundamente com as informações que estava recebendo. Eu esperava que ele estivesse refletindo ou pensando sobre o assunto, mas suas expressões e linguagem corporal denunciavam extremo desconforto. Eu não sei o que havia por trás de Léo, se ele tinha traumas, medos ou se viveu algo que o impedia de abrir a mente para qualquer coisa que eu dissesse. Eu mal havia terminado de falar quando ele procurou pelo garçom, acenou com a mão e pediu a conta.

— Ca — disse ele —, a conversa está muito interessante, mas tenho um compromisso daqui a pouco. Foi muito bom almoçar com você, por acaso se importa se formos embora agora?

— Claro que não, já foi uma grata surpresa ter este momento com você.

Nos levantamos e, após ele pagar a conta, nos dirigimos ao carro. Foi quando notei que Léo parecia outra pessoa: estava quieto e introspectivo, não disse uma palavra sequer no trajeto até a minha casa. Tentei puxar assunto e quebrar o gelo, falar sobre o tempo ou sobre outra coisa qualquer, mas recebi apenas alguns acenos com a cabeça ou respostas curtas como "sim" e "não". Chegamos em casa, me despedi dele e agradeci novamente. Olhei no relógio e vi que provavelmente meus pais já estariam acordados, estava com muita saudade e ansiosa para falar um pouco com eles.

O INIMIGO

A expressão de Léo enquanto ouvia Camille não era apenas dele, era a expressão de Thunder. Obviamente, não é surpresa nenhuma que nós conhecemos a moralidade, o princípio de tudo e as leis espirituais, no entanto, o que mais incomodou Thunder não foi o que foi dito a Léo, mas o fato de ele ter acesso a essas informações.

Como eu já disse, Camille não era o tipo de pessoa com a qual Léo se relacionava. O mau caráter dele, a promiscuidade e tudo aquilo que ensinamos muito bem a ele através da sua família afastava qualquer possibilidade de ele ter amizades com pessoas de boa índole. Léo era filho nosso e estava sob os cuidados de Thunder, que detinha tanto poder sobre a mente do garoto que, de certa forma, era possível ver Thunder ao olhar para Léo.

De qualquer maneira, não é porque ele era nosso filho que ele não poderia deixar de ser um dos nossos. Como conheço o meu amigo poderoso, eu sei que se ele não se abalou com uma das nossas maiores batalhas e também lutou bravamente na grande queda, jamais se deixaria abater por uma menina insolente — Thunder luta e ainda trava guerras muito maiores e incomparáveis — a resistência só aumenta seu desejo egoísta de vencer.

Antes, Thunder pretendia me ajudar; a partir daquele momento, minha guerra se tornou a dele, e é claro que eu não achei isso ruim. As opiniões de Léo sobre a vida, a humanidade, as leis e a ciência não eram uma visão específica e especial dele, tampouco conclusões a que ele chegou sozinho, ao contrário, eram sugestões, ideias e manipulações nossas. Nós aplicamos tal técnica não somente em uma pessoa, mas em toda a humanidade ao longo do tempo.

Por séculos, nós convencemos cientistas, pensadores e artistas a acreditarem somente naquilo que eram capazes de provar, através dos próprios sentidos ou de máquinas e objetos criados por eles mesmos. Investimos nessas classes em especial porque a lógica e a razão defendidas por essas pessoas lhes confere um ar de autoridade e, como autoridades, são capazes de convencer milhares de pessoas.

Não se engane, a ciência, a lógica e a razão não são ruins, muito pelo contrário, a capacidade do ser humano de pensar e raciocinar é um dom especial dado pelo Divino, mas, assim como tudo que o Soberano fez de bom, nós nos encarregamos de deturpar e usar para as nossas próprias vontades.

A lógica e a razão são aparentemente tão subjetivas quanto a fé no Redentor. A única diferença está no fato de que a crença no Redentor os leva ao regozijo eterno e a falsa razão, ao sofrimento eterno. É por isso que não somos loucos de sair nos apresentando por aí. Engana-se quem acha que gostamos de assustar as pessoas à noite, de possuí-las e de causar escândalos. Ao contrário, não gostamos de ser vistos, sentidos ou ouvidos — a descrença naquilo que não pode ser visto e na realidade espiritual faz com que eles sejam, consequentemente, nossos. A fé é o primeiro passo para a busca da verdade, por isso, preferimos e propagamos a incredulidade.

Nós conseguimos deturpar a subjetividade da razão e da lógica e transformá-las em algo que os seres humanos consideram objetivo. Relativizamos tudo o que se sabia sobre certo e errado para que, nesse emaranhado, a mente das pessoas se torne cada vez mais confusa e elas, consequentemente, questionem o que é verdadeiro e o que é falso, tornando esses conceitos cada vez mais difíceis de definir e levando-as a pensarem e se comportarem de acordo com seus desejos, enquanto são guiadas por nossas narrativas.

De qualquer forma, havíamos entendido que argumentações e questionamentos não eram suficientes para aniquilar a fé de Camille, por isso seguimos o plano de relativizar os valores dela e usar Léo para fisgá-la de modo que ela se apaixonasse por ele, frequentasse os mesmos ambientes, conhecesse as pessoas que eram influenciadas por nós, deturpando a verdade enraizada na mente dela, tornando normal a ausência de valores, afastando-a, assim, da família, dos amigos e da própria identidade.

O egoísmo de Léo, assim como o nosso, era maior do que qualquer outro sentimento. Thunder fez um ótimo trabalho quando assumiu a mente do garoto, uma das suas grandes apostas para o futuro do país e do mundo, já que controlando alguns homens podemos controlar nações. Não descartamos a hipótese, como eu já disse, de o Soberano mandar alguns celestiais mais poderosos para intervirem em nosso plano, mas pretendíamos ir até o fim.

15

A família

Quando cheguei em casa e olhei o celular, havia uma mensagem do meu pai perguntando se estava tudo bem e se poderíamos conversar. Liguei prontamente e, do outro lado da linha, ele me atendeu com a voz embargada de choro.

— Oi, filha, como você está?

— Eu estou bem, pai, e vocês, como estão?

— Estamos bem, com muita saudade. Eu já vou passar o telefone para sua mãe porque ela está ansiosa para conversar com você.

— Oi, meu amor! — disse ela. — Como você está?

— Estou bem, mãe, com saudade de vocês.

— Nós também, minha filha. Hoje tive um sonho muito preocupante, você sabe que eu tenho alguns sonhos diferentes e que alguns desses sonhos são revelações do que acontece no outro mundo, né?

— Sim, eu sei, mãe. Mas com o que você sonhou?

— Sonhei que você estava linda, feliz e radiante em um balanço e se balançava com muita alegria em meio a um jardim maravilhoso. De repente, chegou um rapaz por trás de você e te empurrou, você caiu e se machucou toda. Eu sei, pode ter sido apenas um sonho aleatório, mas você sabe como me preocupo.

— Mãe, fique tranquila, deve ter sido apenas um pesadelo, eu passei uma manhã maravilhosa em um restaurante lindo aqui em Paris, almocei com a Daniela e com o Léo. Lembra dele? Acredito que eu tenha comentado sobre ele com você.

— Lembro sim, filha, você me disse que ele é um rapaz muito simpático. Só tenha cuidado, não quero fazer tempestade em copo d'água quando tudo pode ser coisa da minha cabeça, mas seja cautelosa e não confie em todas as pessoas. Você sabe que estamos intercedendo por você aqui, né?

— Sei sim, mãe.

A conversa se estendeu por mais algum tempo, falamos sobre nossa semana e tivemos aquele papo gostoso de família. Sinto saudades de ter esse tempo junto com eles pessoalmente, mas sou grata porque, ainda que distante, tenho a oportunidade de conversar com eles todos os dias.

Terminamos a ligação, tomei um banho e, logo que me deitei, Keith, uma das meninas que moram comigo, me chamou.

— Ca, tem uma pessoa com uma mala na porta, disse ser do aeroporto.

Eu me levantei num solavanco e corri para a porta, era um entregador que se identificou como funcionário do aeroporto e que estava ali para devolver a mala extraviada. Agradeci, assinei um recibo e respirei, aliviada. Finalmente a mala com os meus sapatos havia chegado.

Logo a abri e organizei as coisas no meu armário. Enquanto eu organizava, Keith veio puxar assunto comigo. Ela era uma das garotas que também estava no clube no aniversário da Daniela e conversamos um pouco lá.

— E então, Ca — disse ela. — Está gostando da rotina e da cidade?

— Estou sim. Tudo é muito diferente de onde eu vivia, mas já estou me adaptando.

— Que bom. Muitas garotas entram no mundo da moda acreditando que será fácil, mas não é. Precisamos nos esforçar tanto quanto em qualquer outra profissão. É verdade que somos medidas pela beleza, mas não é só por isso, os relacionamentos e a capacidade de entregar aquilo que eles precisam faz muita diferença. Já fez amigos por aqui?

— Não muitos, mas os poucos que fiz são muitos solícitos e divertidos.

Keith também era uma menina muito simpática, porém estava há mais tempo na cidade e, como já era conhecida no mundo da moda, estava sempre muito atarefada e ocupada; ela participava de vários testes e conseguia muitos trabalhos.

— Keith, eu observei que você consegue muitos trabalhos e quase sempre está muito ocupada, será que você pode me dar umas dicas de como me vestir, me comportar e, se não for pedir muito, me ensinar a desfilar direitinho e fazer boas poses?

— Claro que posso, terei prazer em ajudar! Já estou aqui há um bom tempo e adquiri experiências nesta carreira. Aproveitando, antes de mais nada eu preciso te alertar: cuidado com algumas pessoas, neste ramo existe muita inveja, competição e maldade, nunca confie cegamente em ninguém. — E tratou de me contar casos de boicotes ou sabotagens em sessões de fotos e desfiles que ela mesma já havia presenciado.

— Eu não tinha ideia de que tudo isso acontecia dessa forma. Mas minha mãe também me alertou para tomar cuidado e não confiar tanto — eu disse, rindo. — Se você precisar de companhia, quando eu estiver livre e for fazer algum teste, posso te acompanhar e aproveito para aprender com você também!

— Amei a ideia, assim não me sentirei tão sozinha. Eu corro praticamente o dia todo entre testes e trabalhos, e as demais garotas não gostam muito de mim porque eu acabo me destacando. Tenho me esforçado muito desde que cheguei aqui e infelizmente muitas sentem inveja, acham que eu tenho apenas sorte, mas não é verdade. Eu fico muito feliz em saber que você não age assim e que também é muito humilde e busca sempre aprender.

Foi quando Keith me perguntou como era a minha vida no Brasil, o que eu fazia lá e como era a minha família. Contei tudo para ela e perguntei, então, de onde ela vinha e como era a cultura dela.

— Eu sou do norte da Estônia e lá, assim como aqui, as relações sociais são bem distantes. Já estou aqui há cinco anos e tive muita dificuldade em me adaptar à distância da minha família e à rotina exaustiva. Também não consegui fazer muitas amizades e tenho uma vida bem solitária. Já pensei em voltar para casa, mas essa carreira é tudo o que eu sei fazer. Também costumo ir ao clube com muita frequência para me distrair e me sentir um pouco melhor, tenho até exagerado um pouco na bebida, preciso me reencontrar.

Então lembrei que Keith era a garota que estava vomitando nos meus primeiros dias aqui.

— Nossa, Keith, acabei de me lembrar de um episódio de quando cheguei em Paris. Acordei por conta de um pesadelo e escutei alguns barulhos no banheiro. Uma das garotas estava vomitando. Desculpe minha intromissão, estava escuro e eu não conhecia ninguém ainda, não fazia ideia de quem poderia ser, mas agora acho que a garota se parecia muito com você.

— Sim, era eu — disse ela, olhando para baixo envergonhada. — Desculpe se te acordei, tenho tido alguns problemas pessoais e acabo exagerando no álcool.

— Imagina! Eu apenas fiquei curiosa e me senti na obrigação de ajudar quem estivesse passando por aquilo. — Me aproximei e coloquei a mão em seu braço, reassegurando-a. — Gosto de pensar que nos tornamos amigas, então me avise se precisar de mim, viu?

Os olhos de Keith começaram a lacrimejar, não sei se em reação ao que eu havia dito ou se começou a pensar nos problemas e se emocionou.

— Comecei a frequentar a Comunidade e tive um momento muito bom lá. Se você quiser ir comigo, talvez te faça bem também. Os encontros acontecem aos sábados, o que acha de ir comigo no próximo final de semana?

— Eu vou amar, acredito que não tenho nenhum compromisso marcado nesse dia. Já ouvi falar desse lugar, mas nunca fui convidada e senti vergonha de ir sozinha, acredito que será uma experiência diferente e quem sabe não vai mesmo me ajudar?

Então nós conversamos por horas, comemos e fomos dormir. Keith já tinha compromissos no dia seguinte logo pela manhã e eu também havia recebido a agenda com os testes que eu deveria fazer. A semana seguiu não muito diferente dos dias anteriores, mas confesso que me senti desanimada por não ter conseguido nenhum trabalho ainda. Eu havia criado tantas expectativas e as pessoas diziam tanto que eu tinha um enorme potencial e que faria muito sucesso que acreditei que realmente havia sido chamada para isso.

A cada teste e negativa, eu desanimava um pouco mais e começava a me perguntar se o Soberano se importava mesmo com meus sonhos. Eu sempre acreditei que tudo contribuiria para o meu bem, mas, de repente, apesar de Seu cuidado, não parecia que estava preocupado em me ajudar. Eu sabia que a carreira de modelo não era fácil e que a concorrência era enorme, mas não tinha imaginado que seria tão difícil conseguir algum trabalho. Apesar de eu certamente não ser a garota mais bonita, em minha percepção eu tinha mais chances do que muitas delas, no entanto, nada parecia dar certo.

Finalmente, após uma semana muito corrida, a sexta-feira chegou, e eu mal via a hora de me deitar. Por volta das três da manhã, enquanto eu descansava, tive um sonho curioso: me vi deitada na cama, como se assistisse a meu próprio sono. Olhei para a lateral da cama e vi um rato preto olhando para mim; a cena era tão real que me perguntei se aquilo estava acontecendo de fato ou se era apenas um sonho. Fiquei alguns segundos olhando para aquele rato e ele olhando para mim até que, para tirar a prova se tudo aquilo era real ou não, decidi contar até três e empurrar o rato.

No sonho, eu contei um, dois e, antes que eu falasse o três, o rato pulou na minha cabeça. Acordei gritando, o coração acelerado, olhando para os lados até perceber que se tratava apenas de um pesadelo. Ainda assustada, observei se eu tinha despertado alguém com o meu grito, mas todas as meninas estavam dormindo.

Levantei-me ainda em estado de choque, tomei um copo d'água e senti as minhas mãos e pernas trêmulas — tudo aquilo havia sido muito real. Voltei para a cama e tive dificuldade para pegar no sono novamente, mas o cansaço da semana me venceu e logo apaguei.

No sábado, acordei um pouco mais tarde — o pesadelo na noite anterior e o despertar me deixaram com uma sensação de exaustão. Assim que levantei, conferi o celular e havia uma mensagem e uma ligação perdida de um número desconhecido que logo retornei:

— Oi, Camille. Tudo bem?

— Paul, é você? — perguntei reconhecendo claramente a voz dele. — Eu não me lembro de ter te passado o meu número.

— Tudo bem, graças ao Soberano. Me perdoe pela intromissão, mas consegui o seu número com a Daniela. Estou te ligando para pedir perdão, minha semana foi extremamente corrida e no sábado passado, em especial, tive algumas atividades na Comunidade e não me lembrei de combinar com você de nos encontrarmos por lá ou de pedir para alguém te recepcionar. Você foi?

— Eu fui sim, Paul. Amei, foi uma experiência maravilhosa.

— Caramba, Camille, que legal, eu não sabia que você tinha ido. Agora fiquei ainda mais chateado por não ter dado a atenção que você merecia. Acredito que hoje as coisas estarão mais tranquilas, se quiser, podemos nos encontrar lá, sentar juntos, assim aproveito para te apresentar alguns amigos. O que acha?

— Eu adoraria, Paul. Inclusive, convidei uma das meninas que mora aqui para ir comigo. Vou confirmar com ela, mas, de qualquer maneira, pode confirmar a minha presença.

— Está bem, Camille, combinado. Até lá!

Desligamos a ligação e observei que Keith já estava tomando café da manhã, conversamos um pouco e perguntei se ela iria comigo à Comunidade. No entanto, ela me disse que estava animada no dia anterior, mas que havia acordado especialmente cansada naquele dia e pretendia poupar as energias e ficar em casa. O semblante dela era de extremo desânimo, então eu disse que tudo bem e que teríamos novas oportunidades.

Ela então comentou que outra menina da casa estava fazendo aniversário e perguntou se mais tarde, após a minha ida à Comunidade, eu não gostaria de ir com eles ao clube novamente. Eu disse que iria pensar, que aquele não era um lugar que eu costumava frequentar, da última vez só tinha ido por causa do aniversário da Daniela, mas que se possível tentaria ir, sim.

Eu fiquei chateada de Keith ter desistido de ir comigo até a Comunidade, ela parecia tão animada quando tivemos aquela conversa e eu tinha certeza de que seria muito bom para ela. De certo modo, era como se, assim como Léo, ela tivesse algum tipo de bloqueio; algo que a impedisse de ir até lá. Eu esperava ter mais tempo em Paris para conseguir levá-los comigo algum dia, tanto ela como Daniela e Léo precisavam viver e experimentar o que eu experimentei.

O INIMIGO

Engana-se quem acha que os deveres dos pais se resumem a alimentar, sustentar, cuidar, prover conforto e educação para os seus filhos. Quando o Soberano determina que um homem e uma mulher serão os responsáveis por gerar e apoiar o propósito de outro ser humano, Ele sabe exatamente o que está fazendo. Ele é extremamente intencional em tudo que faz, até mais do que nós, pois conhece o futuro e o grande propósito de cada criança.

Os pais de Camille, infelizmente, entenderam muito bem isso e cumpriram a responsabilidade espiritual deles na vida da filha, por isso, ao longo da infância de Camille, eles se esforçaram para dar a ela o máximo em todos os sentidos, principalmente em presença e ensino sobre a Lei.

Além do mais, a mãe de Camille tinha um dom especial: uma sensibilidade ao nosso mundo que a tornava hábil para entender o que estava acontecendo por detrás da realidade visível, de modo a interceder e interferir no que acontecia por aqui. Muitas vezes estávamos próximos de laçar Camille, mas a mãe da garota intercedia e os celestiais eram acionados para protegê-la e impedir que nossos planos se concretizassem.

Infelizmente, mais uma vez, a família de Camille entrou em cena. Eu já havia conversado com o responsável por eles, mas de fato, na maioria das vezes, ele acabava ficando de mãos atadas — o poder dele para interferir ou atrapalhar a ação dos pais de Camille era extremamente limitado, já que não tinha permissão sequer para se aproximar e os celestiais que os protegiam eram muito poderosos.

A mãe de Camille viu Léo em sonho, não com a clareza de detalhes com a qual vê o próprio mundo — a mente humana não é capaz de compreender este lado por completo, seus sentidos não foram treinados para ouvir ou enxergar o que acontece aqui. Embora todo filho do outro lado possa se desenvolver nesse aspecto, alguns deles nascem com um dom natural para visualizar nosso mundo. Esse dom precisa ser treinado e ensinado pelos pais, pela Comunidade, por familiares ou mestres designados para este fim.

A mente da mãe de Camille estava o tempo todo atenta ao nosso mundo, especialmente quando estava dormindo, já que durante o sono não existem tantas interferências e distrações no mundo dela. Sendo assim, os pais de Camille ainda eram um dos maiores empecilhos para a concretização do meu plano.

Infelizmente, para piorar ainda mais a minha situação, Camille se aproximou de Keith, outra garota com a qual não me importo muito, pois é só mais uma escrava. No entanto, o Coyote não gostou nada dessa aproximação.

O Coyote é um dos nossos de casta inferior, inteligência certamente não é um dos fortes dele, pois se entrega cegamente a nossa natureza maligna — sente prazer escravizando os humanos através dos vícios e usa Keith como marionete, se divertindo conforme a via se autodestruir. Por isso a interferência de Camille o incomodou a ponto de ele não conseguir se controlar.

Ele conhecia meus planos e minha importante missão, mas seus prazeres malignos eram maiores do que a sua razão, levando-o a querer destruir Camille de seu próprio jeito. Eu não poderia impedi-lo à força, pois não lutamos entre nós. Então tentei explicar e o auxiliar em seu autocontrole, mas meus esforços foram inúteis: na primeira oportunidade ele se fez praticamente visível, achando que ao amedrontá-la iria calá-la.

O grande problema é que ele não mediu as consequências e tentou se aproximar de Camille sem permissão ou autorização. Portanto, não tive tempo de protegê-lo, já que um celestial o interceptou antes mesmo que ele conseguisse agir. Assim, a combinação das intercessões da mãe de Camille com a ação inconsequente do Coyote movimentou as coisas por aqui a ponto de alguns celestiais serem acionados para para vigiar a garota com mais atenção.

Agora, durante as madrugadas, eles se revezam para que ela não fique um segundo sequer desprotegida. Em alguns momentos, dependendo do propósito que está sendo cumprido ou dos movimentos que estão ocorrendo, as batalhas se intensificam, e é cada vez mais difícil para eu agir e colocar meus planos em prática.

Não sou do tipo que recua, mas precisei recuar por um instante até que as coisas se acalmassem e até que a família de Camille abaixasse a guarda. Enquanto isso, tive tempo suficiente para seguir com meu plano e conversar com Thunder sobre como usaríamos o Léo contra a vida de Camille de maneira discreta, sutil, porém certeira.

16

O amor verdadeiro

O dia seguiu tranquilo e aproveitei para tirar um tempo para me divertir. Paul ficou de me buscar antes da reunião da Comunidade e, assim, no horário marcado ele passou em casa. O carro dele já estava cheio, só tinha mais um lugar para mim. Pelo que eu havia entendido, Paul fazia muitas atividades na Comunidade e participava da banda de lá, no entanto, naquele dia ele não iria tocar.

Assim que entrei no carro, Paul já me apresentou para o pessoal — explicou quem eu era e de onde eu vinha —, todos muito divertidos e simpáticos. Eu ainda estava tímida, principalmente porque era a única garota nova enquanto todos já se conheciam muito bem.

Uma das meninas que estava no carro segurou nas minhas mãos assim que chegamos na Comunidade e me pediu para acompanhá-la. Todos andavam sempre juntos, mas como se conheciam, volta e meia paravam para conversar uns com os outros conforme se encontravam. Assim, acompanhando a garota, não me perdi em meio às pessoas, e sempre que ela parava para falar com alguém, fazia questão de me incluir na conversa.

Finalmente o encontro começou, sentamos todos próximos e uma música calma, porém com uma letra muito forte iniciou

— mais uma vez, me senti em casa. Era como se o tempo tivesse parado naquele instante, e eu não estava com a mínima vontade de sair dali. Uma das músicas, embora em outra língua, era a versão de uma das canções que eu escutava na minha infância, cada memória e lembrança daquele tempo me emocionou a ponto de eu não conseguir mais ficar em pé, me sentei e chorei, sentindo uma profunda gratidão por tudo que eu tinha vivido até ali.

As minhas dúvidas, questionamentos e medos me deixaram naquele instante e, em poucos minutos, a convicção sobre a minha identidade foi resgatada. Eu sabia que ali era a minha casa, não o prédio em si, mas o ambiente, as pessoas que o frequentavam e Aquele que estava por trás de todo aquele movimento. Entendi que, independentemente de onde estivesse, mesmo do outro lado do mundo, eu não estaria sozinha — eu participava de uma família universal e tinha um Pai que zelava por mim.

A garota ao meu lado se sentou também e me abraçou — ali era o único lugar onde eu queria estar. Enquanto as músicas tocavam, fui tomada por pensamentos que respondiam alguns questionamentos que eu fazia, reforçando ainda mais a convicção de quem eu era. À medida que os instrumentos paravam, as luzes se acenderam e algumas palavras foram ditas, muitas delas pareciam ser exclusivas para mim, como se eu estivesse sendo assistida por alguém que eu não via, mas que se importava imensamente não só com a minha vida, mas até com detalhes da minha rotina. Eu sabia que era Ele, eu conhecia a Sua voz.

Quando o encontro acabou, Paul se aproximou e perguntou se eu gostaria de sair e acompanhar o restante do pessoal para comer alguma coisa. Aceitei — não me sentia mais envergonhada ou tímida e finalmente consegui me enturmar de fato. A noite foi maravilhosa, comemos um lanche e demos muitas risadas, todos eram muito simpáticos e divertidos, e o Paul, especialmente, tinha um jeito espontâneo de ser. No final da noite, ele me deixou em casa e me senti feliz — eu havia encontrado meu lugar naquela cidade.

As meninas já não estavam mais em casa, provavelmente tinham ido ao clube e eu também não fiz questão de ligar para nenhuma delas ou pedir para alguém me buscar. Aproveitei para me organizar para a semana e descansar. Quando estava prestes a me deitar para dormir, Léo me ligou:

— Boa noite, Ca, tudo bem?

— Oi, Léo, tudo bem, e você?

— Estou ótimo! Então, está pronta?

— Pronta pra quê?

— Pra jantar e ir ao clube comemorar mais um aniversário.

— Puxa, Léo, agradeço o convite, porém já jantei e já estou de pijamas. Dessa vez não vou sair.

— Eu não acredito, Ca! As meninas vão ficar chateadas se você não for.

— Está tudo bem, depois eu converso com elas e explico que eu precisava me organizar para a semana.

Escutei Léo respirar fundo do outro lado da linha, ele parecia não ter gostado muito da minha resposta.

— Podemos sair só nós dois para comer, então? — Ele perguntou.

— Eu amo a sua companhia, Léo. Mas é que realmente já estou pronta para dormir.

— Tudo bem, mas se alguém perguntar de você, eu não vou te defender — disse ele com um tom irônico que denunciava a sua decepção.

Desligamos o telefone e fui dormir. Léo não deu qualquer outro sinal de vida naquele final de semana. Logo de manhã na segunda-feira havia vários testes marcados, passei o dia ocupada até que, ao entardecer, tive uma das experiências mais assustadoras da minha vida.

Após o último teste, cheguei em casa e percebi uma movimentação diferente. Quando abri a porta para entrar, dois policiais extremamente ríspidos estavam saindo de lá e me perguntaram em inglês se eu morava naquele endereço. Eu disse que sim, então pediram o meu passaporte. Ao entregá-lo, imaginando que iriam apenas olhar se estava dentro da data de vencimento, para minha surpresa, o colocaram no bolso.

Perguntei o que estava acontecendo e se estava tudo bem, mas me responderam apenas em francês. Eu disse que não compreendia o que estavam falando e eles não fizeram nenhuma questão de traduzir — continuaram falando francês sem me dar qualquer explicação e foram embora com o meu passaporte.

Tentando assimilar tudo o que havia ocorrido, olhei à minha volta e algumas meninas estavam com expressões assustadas, até que me explicaram que também haviam recolhido o passaporte delas e que elas não faziam ideia do que estava acontecendo.

Uma das garotas ligou para a agência de modelos, e os responsáveis disseram que iriam verificar a razão da abordagem e do recolhimento dos documentos. Confesso que fiquei muito assustada, pois não fazia ideia da real motivação de tudo aquilo. Logo após o ocorrido, liguei para meus pais e contei tudo. Eles me tranquilizaram pedindo ao Soberano que tudo fosse resolvido.

No final da noite, a agência não mandou qualquer agenda ou relatório de testes para o dia seguinte, provavelmente porque estavam tentando resolver a situação, apenas pediram para aguardarmos em casa até nos dizerem o que fazer. Passei a noite em claro, ansiosa e achando que havia feito algo ilegal, além de estar desprotegida em uma nação que não era a minha.

Tentei pegar no sono, mas despertava assustada de cada cochilo, até que, finalmente, pela manhã, a agência pediu que fôssemos até um departamento policial para sermos entrevistadas. Fomos orientadas, então, a dizer o mínimo possível sobre a nossa rotina e explicar que não exercíamos qualquer trabalho remunerado na França. Confesso que não entendi muita coisa sobre a orientação, até porque, além dos passaportes, os policiais recolheram algumas fotos nossas e papéis onde constavam os nossos compromissos diários. Fiquei com medo de mentir para a polícia e ser presa ou deportada, mas também tive receio de falar a verdade e piorar ainda mais a minha situação. Decidi que seguiria a orientação da agência; eu estava apavorada.

O ALIADO

O ser humano nunca entenderá por completo a grandeza e a majestade do Criador. Baseados em seus sentidos limitados, eles tentam projetar a aparência do Divino e dos celestiais, mas a nossa dimensão é abstrata para eles e por isso, muitas vezes, preferem acreditar que não somos reais.

O Soberano deu a eles a capacidade de raciocinar, mas deturparam a razão e a usaram para justificar a inexistência do Criador. Desde que desejaram ser iguais ao Soberano, e o orgulho e a cobiça entraram em seus corações, eles perderam a imortalidade e o acesso total e aberto a nós. Alguns deles, desde que creiam no Redentor, são capazes de sentir, ver, ouvir e até mesmo tocar no nosso mundo de maneira limitada, sem ter acesso completo a nossa dimensão até que recebam a imortalidade.

Apesar de tudo, isso não torna os homens menos especiais do que nós, ao contrário, ainda que sejamos seres quase ilimitados, cheios de poder e capacidades, nós admiramos os seres humanos, não pelo que eles podem fazer — já que somos mais poderosos —, mas porque, incompreensivelmente até mesmo para nós, apesar da maldade em seus corações, o Redentor os amou a ponto de deixar a glória Dele e se fazer frágil como eles.

Depois de voltar para nós, o Redentor deixou Parakletos, nosso também Senhor, habitar dentro de cada pessoa que aceitou receber tamanho amor.

Enquanto nós, aliados, apenas admiramos a glória do Criador, nos curvamos diante da Sua majestade e obedecemos Suas ordens, os filhos O têm dentro de si e, embora não O vejam, podem senti-Lo de uma maneira que nós nunca sentiremos.

O maior dos caídos odeia os homens porque eles terão a oportunidade de habitar onde ele nunca mais habitará, além de serem amados de um modo que nunca ninguém foi, nem mesmo o grande caído em toda a sua glória e majestade experimentou tamanho amor por parte do Soberano.

Meu nome é Kanat, e tenho poder e autoridade na nossa dimensão e na dos homens. Sou responsável por inúmeras missões, sobretudo na dimensão humana, uma delas é a luta contra os caídos para proteger os amados do Soberano. Recebo ordens para cuidar de alguns homens em situações específicas.

Não sou encarregado exclusivamente de nenhum homem, mas alguns deles já me são bem familiares porque preciso protegê-los com certa frequência, já que são sempre atacados pelos caídos. Os caídos não sabem exatamente quais propósitos os envolvem, mas são astutos e quase capazes de prever os que movem o coração do Soberano, não porque são filhos prediletos, mas porque são filhos que O preferem.

Não se enganem, o ser humano traçou em sua mente uma imagem superficial de nós, mas a verdade é que somos seres complexos e pouco parecidos com qualquer coisa que os humanos conheçam. Inclusive, se formos vistos, nossa aparência pode até assustá-los — não porque somos grotescos ou feios, mas porque a nossa imagem não pertence à dimensão deles e pode causar bastante estranheza.

Eu, especialmente, costumo andar com uma espada, já que devo estar sempre pronto para a batalha. Guerrear é uma das minhas mais marcantes capacidades e fui dotado pelo Soberano de poderes para afastar os caídos. Nunca ajo por mim mesmo, apesar de exercer funções específicas, quando se trata de seres humanos, ajo apenas quando recebo ordens do Soberano.

Tampouco sou mediador ou intercessor entre o homem e o Soberano, também não recebo e não aceito qualquer tipo de adoração. Sou apenas um servo cujo prazer está em cumprir o propósito para o qual fui designado — é nisso que encontro grande satisfação.

Há um certo tempo, foi-me dada uma missão extra: guardar uma garotinha chamada Camille. Existia algo nela que o Soberano desejava proteger e nós, celestiais, aprendemos a não subestimar os filhos. Independentemente de cor, idade ou sexo, cada um deles carrega dentro de si o próprio Criador e, consequentemente, grandes propósitos. Muitas vezes não temos a total compreensão da razão pela qual nos foram dadas certas missões, mas, ao longo da história, observamos que ao preservarmos um filho e protegê-lo dos caídos, futuramente, ele será capaz de gerar nações e outros filhos com grandes propósitos.

17

O jogo de xadrez

Entrei no departamento policial e fiquei na sala de espera junto com as demais modelos enquanto éramos chamadas uma a uma para a entrevista. As modelos entrevistadas não podiam mais ter contato conosco, e eram liberadas logo após o interrogatório.

Passei quase o dia todo aguardando até que finalmente chegou a minha vez de ser interrogada — eu estava gelada e com as mãos trêmulas. Me encaminharam para uma sala pequena com apenas três cadeiras, duas delas ocupadas por policiais. Os dois, assim como aqueles que foram até a nossa casa, não pareciam muito amigáveis e tampouco dispostos a serem gentis durante o interrogatório.

Ambos os policiais falavam em inglês e fizeram perguntas como qual era o meu nome, de qual país eu vinha, qual a minha idade e se eu estava exercendo algum trabalho remunerado em Paris. Especialmente nessa última pergunta eu gaguejei, visto que havia sido orientada a dizer que não estava trabalhando — no meu caso, era verdade, já que eu não havia conseguido nada em Paris ainda. Então, com a voz trêmula, respondi que “não”.

Os policiais notaram meu nervosismo e se entreolhavam a cada resposta minha. Ao mesmo tempo que pareciam curiosos e com vontade de me assustar, senti-os contidos em suas abordagens; por fim, me disseram apenas um "obrigado" e me liberaram para ir para casa. *Ufa*, pensei, *ainda bem que eu não fui presa — ao menos por enquanto*.

Enquanto eu andava pelos corredores da delegacia em direção à saída, tive a impressão de ver Léo conversando com um dos policiais em uma das salas. Fiquei tentada a ir até lá averiguar e ver se era ele mesmo, mas os policiais me seguiam com o olhar, então achei melhor seguir em frente.

Fiquei um tanto cismada com a cena, me perguntando o que Léo estaria fazendo naquele lugar, sobretudo naquele momento. Pensei, então, que aquilo devia ser coisa da minha cabeça e deixei a ideia de lado. Voltei para casa ainda preocupada com o que aconteceria a partir de então, afinal, eu estava sem passaporte e poderiam descobrir minha mentira.

No caminho de volta, fui tomada por uma sensação de grande arrependimento e pedi perdão ao Soberano pela mentira. Eu ainda não sabia se havia alguma proibição para estrangeiros exercerem a profissão de modelo no país e se essa era a causa de todo aquele alvoroço. Assim que cheguei em casa, liguei para os meus pais e aquietei o coração deles, assegurando que estava tudo bem.

Uma a uma, as meninas chegavam em casa e compartilhavam suas experiências na delegacia, bem como as perguntas que foram feitas a elas durante a entrevista. Eu aproveitei e perguntei se alguma delas havia visto Léo na delegacia e todas me disseram que não e que provavelmente eu havia me confundido e visto alguém muito parecido com ele.

Aquele dia seguiu tenso, estávamos mais quietas do que o habitual e não tínhamos testes ou trabalhos programados para o dia seguinte. Além disso, ainda estávamos sem os nossos passaportes.

Naquela mesma noite, recebemos uma mensagem da agência explicando que tudo havia corrido bem, que nossos passaportes seriam devolvidos e que deveríamos ir até a agência no dia seguinte para buscá-los e receber a programação de testes daquela semana. Todas nós respiramos aliviadas e eu, especialmente, agradeci ao Soberano por tamanho livramento.

Quando fomos até a agência, não nos deram explicações sobre a razão de tudo aquilo ter acontecido, apenas alegaram que a situação estava resolvida e que a nossa vida seguiria normalmente a partir dali, além de devolverem nossos passaportes. Mais uma vez respirei aliviada e já estava ansiosa para a chegada do final de semana para poder ir à Comunidade, rever as minhas novas amizades e ter novas experiências com o meu Pai. Sim, eu finalmente estava entendendo em totalidade que eu era uma filha Dele e que, apesar das dificuldades, eu era amada e protegida.

Finalmente, após mais uma semana intensa e cheia de emoções, o sábado chegou e logo pela manhã já havia uma mensagem de Léo me perguntando se eu estava bem e se eu aceitava sair para tomar um sorvete no fim da tarde. Expliquei a ele que eu tinha um compromisso no início da noite na Comunidade e, mais uma vez, senti que ele não gostou muito da notícia. Apesar dessa impressão, Léo continuou insistindo que eu saísse com ele, alegando que seria apenas um passeio rápido para conversarmos um pouco.

Sinceramente, eu sabia que Léo tinha um bom coração, parecia ser uma boa pessoa, além de ser um homem muito bonito, simpático e inteligente, mas existia algo nele que eu não conseguia decifrar, um certo mistério que me dava a sensação de que ele me escondia algo. Os sumiços ao longo da semana, as aparições repentinas, as alterações de humor, tudo isso me fazia desconfiar de quem ele realmente era.

Além disso, eu também percebia que ele me tratava diferente das demais meninas, como se, de certa forma, ele possuísse um interesse especial por mim. No entanto, suas atitudes muitas vezes me confundiam, ele passava dias sem falar comigo, ignorava minhas mensagens e, de repente, aparecia como se nada tivesse acontecido, me tratando como se fôssemos íntimos.

Sentia que tinha algo de errado com ele, mas preferia acreditar que ele era um rapaz muito ocupado, com muitas responsabilidades e perdido em seus próprios compromissos. Sempre dava a ele um voto de confiança e, confesso, ao mesmo tempo que sentia que não devia me aproximar, também era atraída por ele.

Passei aquela tarde fazendo compras e no fim do dia Léo foi me buscar para um passeio. A caminho do local, como de costume, conversou comigo como se tivéssemos tido contato todos os dias. Ele era encantador, possuía um olhar e um sorriso cativantes, e, quando queria, se mostrava uma pessoa extremamente cuidadosa, o que tornava difícil para mim me afastar ou rejeitar a amizade dele.

Léo parou em uma sorveteria perto de uma praça e sugeriu que tomássemos nossos sorvetes no carro, onde teríamos mais privacidade para conversar.

— Camille, eu estava com saudade de você. Peço perdão por às vezes não responder às mensagens que você me manda durante a semana, é que tenho uma rotina muito corrida.

— Tudo bem, Léo, eu imagino. Não quero ser intrometida, mas ficaria feliz em te ajudar, caso precise — disse eu, querendo perguntar na verdade se ele não tinha um minuto na semana para responder uma mensagem.

— Assim que eu puder, vou te contar certinho quais as minhas responsabilidades e te colocar mais a par da minha vida. Mas, mudando de assunto, como foi a sua semana?

— Puxa, Léo, a semana começou muito difícil.

Contei a ele tudo que eu havia passado com relação ao recolhimento dos passaportes e a entrevista na delegacia.

— Nossa, Camille, que situação! Se eu soubesse teria ido te ver, te ajudar de alguma forma ou te confortar.

— Tudo bem. Foi tudo muito rápido e assustador. Eu pensei em te ligar, mas como você ainda não tinha respondido minhas mensagens dos dias anteriores, achei melhor não incomodar. Você acredita que quando eu estava saindo da delegacia, vi um rapaz parecido com você? Por um breve momento, eu tinha certeza de que era você. Mas daí pensei: o que o Léo estaria fazendo aqui?

Léo engoliu seco enquanto eu falava, deu um sorriso trêmulo e olhou para baixo.

— Certamente foi impressão sua, Camille. Agora também fiquei curioso em saber que rapaz era esse tão parecido comigo.

Léo, então, voltou os olhos novamente para mim e ajeitou o meu cabelo. Fiquei sem reação, eu não sabia o que ele planejava com aquele ato. Olhei para baixo, envergonhada e sem saber como agir, voltei a tomar o meu sorvete e mudei logo de assunto.

Ele percebeu minha timidez e deu uma risada, mas aceitou dar continuidade ao assunto que eu havia inventado para fugir da situação. Nós conversamos sobre várias coisas até que olhei o relógio e notei que já estava atrasada para o encontro na Comunidade e precisava ir para casa.

Perguntei se ele não gostaria de me acompanhar e ele prontamente disse que não, que não tinha nada contra o lugar, mas que possuía algumas convicções diferentes sobre a vida e que no momento oportuno conversaríamos mais sobre o assunto.

— Obrigado pelo convite, Ca, de maneira nenhuma eu quero te convencer a não ir à Comunidade, mas espero podermos conversar mais sobre algumas teorias que eu tenho sobre esses lugares. Quem sabe eu não consigo te oferecer uma visão mais ampla da vida?

— Fica tranquilo, Léo, tempo para conversarmos não faltará. Depende mais de você do que de mim.

Léo sorriu envergonhado com a minha resposta, ele sabia que havia um tom de ironia na minha fala.

— Bom, vou te levar para casa, eu prometi que você não se atrasaria.

Nesse meio tempo, Paul havia me mandado uma mensagem dizendo que não conseguiria me buscar, pois precisava chegar mais cedo na Comunidade, e que havia pedido para alguns amigos me buscarem, mas especialmente naquele dia todos estavam ocupados. Respondi que não tinha problema, eu iria de transporte público.

A tarde estava linda, mas logo após eu me arrumar, notei que o tempo havia fechado de uma hora para outra. Pedi um guarda-chuva para uma das meninas da casa e, ao colocar o pé na calçada, fui surpreendida com uma tempestade. A chuva e o vento levavam a água para debaixo do guarda-chuva e em apenas trezentos metros de caminhada eu já estava encharcada.

Precisei voltar para casa me sentindo extremamente chateada por perder o encontro. Infelizmente, a tempestade parecia estar apenas no início.

O ALIADO

A verdade pode ser encoberta por um tempo, mas nunca para sempre. Engana-se quem pensa que sairá ileso desta vida. Toda mentira e manipulação, se não forem acompanhadas de arrependimento, terão consequências, seja na dimensão deles ou na nossa.

Sinto pena de alguns humanos, já que, assim como o caído, se entregaram às paixões e aos desejos. Esses homens servem aos caídos quando entregam seus corações ao dinheiro, à fama, à promiscuidade, dentre outros pecados.

Existem caídos responsáveis por propagar e alimentar o desejo na mente humana e, quando se entregam a eles, os homens são capazes de enganar seus semelhantes para conseguirem o que querem, adorando ignorantemente o próprio caído responsável por estes desejos.

Nós admiramos os humanos e até temos certa compaixão por eles, mas não pensem que os amamos como o Soberano os ama — o amor Dele é indecifrável e inexplicável até mesmo para nós.

Nós, celestiais, amamos a justiça e temos prazer em aplicá-la. O Criador também é justo, aliás, Ele é a própria justiça, e por isso não pôde isentar os homens das consequências de sua maldade. Assim, a justiça deve recair sobre eles. Por esta razão, Ele entregou o Seu Filho Redentor, que voluntariamente se fez carne para que a justiça fosse cumprida em um ser humano.

Aqui, em nossa dimensão, o Redentor recebe toda a glória, nos ajoelhamos diante Dele e admiramos a Sua Majestade. Não porque Ele pede, mas porque constatamos que de fato Ele é.

Devo confessar que para nós foi um tanto confuso e até mesmo inimaginável que Ele descesse do Seu trono e se fizesse um ser limitado e passível de tanto sofrimento por amor àqueles que O negaram e se rebelaram contra Ele. Enquanto o Redentor sofria, nós agonizávamos junto com Ele, pois, embora tivéssemos poder para tirá-lo daquela situação, não tínhamos permissão para isso. Nós podíamos devolver a Ele a glória que Lhe pertencia, nos seguramos para não intervir e não massacrar aqueles que o perseguiram, mas mantivemos a nossa postura e obedecemos apenas às ordens que nos eram dadas. A justiça precisava ser aplicada, a entrega precisava ser feita e os filhos precisavam ser salvos.

Nós servimos muitos filhos, não porque somos servos deles — somos servos apenas Daquele que É —, mas porque também fomos criados para servi-los e protegê-los. Léo servia a um caído, mas isso não significava que ele não era amado pelo Soberano, ao contrário, Léo foi chamado para ser amado também, mas preferiu rejeitá-Lo, negando o amor do Criador e se entregando aos mesmos deuses da família dele.

Léo tinha o poder de governar sua nação, mas a verdade é que era uma marionete na mão dos caídos; quando não fosse mais útil, seria abandonado e, se não se arrependesse, sofreria eternamente.

Paigus foi criado junto comigo e costumávamos servir juntos nas esferas celestiais, mas ele se corrompeu e não se arrependeu da sua rebeldia. Então, precisamos expulsá-lo, e hoje ele é um grande guerreiro do caído.

Ele foi designado para destruir Camille, pois é muito forte e poderoso. Os nossos, cuja missão é proteger a garota, não tiveram forças para afastá-la dele, por isso eu fui chamado, pois em autoridade e poder, mesmo em lados opostos, pertenço ao mesmo nível que Paigus.

Talvez o caído não tenha contado tudo a vocês porque está envolto em orgulho, mas a verdade é que ele precisou se afastar dela porque não pôde contra a minha força. Enquanto isso, ele tramava usar Léo e, assim, corromper Camille. De qualquer forma, eu não estava disposto a ceder e não abandonava minhas missões. Nós não o deixaríamos se aproximar dela, a não ser que ela se corrompesse e desse lugar a ele.

Vale lembrar que não costumamos travar batalhas por aqueles que não são filhos do Soberano, a não ser que Ele nos ordene. Se Camille negasse o Soberano, então ela daria permissão aos caídos para dominarem sua mente. Ainda assim, a guerra não estaria perdida, a vida na dimensão de Camille é como um jogo de xadrez, muitas vezes parece que um lado está ganhando e o outro perdendo, mas quem determina quando o jogo acaba é o dono do tabuleiro, basta uma ordem.

Ainda que os caídos sejam astutos e espertos, eles não detêm nem um milésimo da sabedoria e do conhecimento do Autor da vida. Quando eles acreditam que as perdas, os traumas e os sofrimentos que infligem a um filho podem levá-lo à destruição, mal sabem eles que até mesmo essas coisas contribuem para o bem daquele ser. O Soberano nunca erra, neste jogo, o Rei já foi entregue para salvar a rainha e a vitória já é certa.

Até que Paigus se afastasse suficientemente de Camille, eu estava lá de prontidão para defendê-la. Além disso, nós celestiais também temos aliados na outra dimensão — os próprios filhos, como Paul. Ele estava sempre atento à voz do Parakletos e sensível ao Seu sopro, no momento oportuno, ele nos ajudaria a levá-la para casa em segurança. Enquanto isso, eu também me movia para que a verdade fosse revelada e Léo fosse descoberto.

Thunder, o caído que o dominava, era extremamente forte e talvez até precisássemos de reforços para combatê-lo, mas ele não era maior do que Aquele que habitava nela.

18

A Lei

Eu já estava entrando em casa quando escutei alguém buzinar. Abri a porta e, para a minha surpresa, era Paul. Ele estava todo sorridente dentro do carro, acenando para que eu entrasse rapidamente. Sem demora, entrei no carro.

— Oi, Paul. O que aconteceu? Você não tinha que estar mais cedo na Comunidade hoje?

Ele deu risada.

— Eu tenho, mas quando estava a caminho, lembrei de você e pensei que teria problemas com a chuva. Avisei o pessoal que iria atrasar um pouco e, como não consegui ninguém para te buscar, eu mesmo vim. Minhas atividades na Comunidade são importantes, mas não mais do que as pessoas.

— Ufa, que bom! Obrigada, Paul. Eu saí de casa, mas acabei tendo que voltar, a chuva me pegou de jeito. Estou muito feliz que tenha vindo me buscar para o encontro.

— Eu também estou feliz em poder te ajudar a ir — disse Paul, empolgado.

Quando chegamos, a Comunidade ainda estava vazia, apenas com as pessoas que costumavam servir durante o encontro. Paul me acomodou em uma das cadeiras e foi até a bateria para ensaiar as músicas daquele dia. É incrível como cada música tem o poder de me tocar profundamente, ainda que aquele fosse apenas um ensaio.

Enquanto eu escutava e prestava atenção em cada nota e em cada letra, recebi uma mensagem de Léo pedindo para me buscar após o encontro para sairmos mais uma vez juntos. Confesso, não me senti muito bem com o convite, pois tinha a sensação de que havia algo de errado com ele.

Expliquei que depois do encontro eu costumava sair com os amigos da Comunidade.

— Não se esqueça de que eu fui a primeira pessoa que você conheceu por aqui, hein? Faço questão que você saia mais uma vez comigo — disse Léo.

— Tudo bem, você tem razão, Léo — respondi.

Assim que o encontro terminou, meus amigos vieram me perguntar se eu iria sair com eles, mas eu disse que não iria daquela vez, pois tinha um compromisso.

Esperei, então, o Paul terminar de se organizar e guardar os instrumentos para avisar que um amigo me buscaria.

— Sério, Camille? Puxa, ia ser tão legal se você saísse com a gente.

— Confesso, Paul, que eu queria mesmo sair com vocês, mas esse amigo insistiu. Assim que ele chegar, vou te apresentar a ele, ele é um rapaz muito legal.

Paul ficou esperando na saída comigo até Léo chegar, ele disse que não me deixaria sozinha lá. Nós ficamos um tempo conversando, até que o carro de Léo apareceu: preto, imponente e com os vidros escuros. Praticamente não dava para ver quem estava lá dentro. Paul fixou os olhos no carro, fez uma expressão desconfiada e perguntou:

— Ele é seu amigo há quanto tempo?

— Desde que eu cheguei aqui.

O carro estacionou na nossa frente e Léo destravou as portas.

— Léo, deixa eu te apresentar o Paul, o meu amigo aqui da Comunidade — falei enquanto colocava a cabeça para dentro do carro.

Léo fez cara de poucos amigos e, com um sorriso forçado, disse que tudo bem. Saiu do carro e cumprimentou Paul.

O semblante de Paul mudou completamente ao olhar para Léo. Parecia até que o conhecia. Mas como poderia, numa cidade tão grande? Acreditei que fosse só uma impressão minha.

— Muito prazer — disse Léo.

— Prazer o meu — respondeu Paul.

Léo claramente não quis estender a conversa, virou para mim e perguntou:

— Vamos, Camille?

— Está bem!

Paul, então, se dirigiu a Léo:

— Vamos sair conosco, Léo, eu te apresento o pessoal.

— Não, Paul, eu agradeço o convite, mas já fiz reservas em um restaurante.

— Tudo bem — disse Paul.

Assim que entrei no carro, vi que do lado de fora Paul estava com uma expressão um tanto preocupada, mas, mais uma vez, achei que era coisa da minha cabeça.

Léo, então, me levou a um restaurante requintado, um dos mais luxuosos em que eu já havia estado. Ficava no alto de um prédio e de lá conseguíamos ver a Torre Eiffel.

— Léo, você me traz a lugares tão bonitos, me sinto tão envergonhada de não poder contribuir com a conta.

— Imagina, Camille, o convite é meu e eu faço questão, você merece. Mas então, por que insiste tanto em ir à Comunidade?

— E por que eu não iria? — falei brincando. — Me parece que você tem uma resistência quanto a esse lugar ou é impressão minha?

— De fato eu tenho, Camille. Sei que em lugares como esse eles mentem e enganam as pessoas para controlá-las e roubar o dinheiro delas.

— De fato, Léo, existem muitas Comunidades assim, infelizmente. Mas a corrupção está em todos os lugares, não é mesmo?

— Com certeza — disse ele, quase sem argumentos.

— Então, não isento essa Comunidade de falhas por parte das pessoas que a frequentam, mas não existem lugares perfeitos, nem pessoas perfeitas. Eu te garanto que muitos lá, apesar de imperfeitos, buscam a perfeição. A Comunidade é um dos poucos lugares no mundo onde as pessoas estão tentando ser melhores e fazer o que é certo.

— Certo e errado, Camille, na minha opinião, são só uma questão de ponto de vista. O certo em algumas culturas pode ser errado em outras, a moralidade de alguns lugares pode ser imoral em outros e, sinceramente, não gosto de locais onde as pessoas determinam o que é certo e errado. O bem e o mal não existem.

— Eu entendo você, Léo, mas você não acha um tanto perigoso pensar assim? Se o bem e o mal não existem, temos liberdade para fazer todas as coisas? Até mesmo matar, roubar e enganar?

— Na verdade, acredito que a nossa liberdade termina onde a do outro começa — disse Léo. — Não posso matar porque tirarei a liberdade do outro. Com relação a enganar ou mentir, às vezes é necessário. Algumas pessoas não suportam a verdade, além do mais, o fato é que todos os seres humanos são egoístas e pensam apenas em si. Se você não pensar em você mesma, será atropelada pelos demais. No mundo, precisamos ser articulados para sobreviver; a justiça verdadeira não existe.

— Se olharmos apenas para a humanidade, Léo, de fato, a justiça não existe. Somos seres naturalmente egoístas e ainda que nos comprometamos com a verdade, nosso coração se torna facilmente enganoso. Mas se crermos que existe uma lei superior a todas as outras e um Criador justo, então nos reconfortamos no fato de que apesar de toda injustiça, uma hora a justiça virá.

— Fábulas e mais fábulas — disse ele, dando risada. — Desculpe, Camille, eu não quero ofender a sua crença de maneira nenhuma, mas quem conseguiu provar que este Criador existe?

— Ninguém conseguiu provar que Ele não existe também, Léo. Seja como for, acredito que a Terra e tudo o que nela há, assim como nós, somos muito perfeitos para sermos obras do acaso. Pense na minha teoria: se chegarmos em casa e encontrarmos um bolo de chocolate na mesa, ainda que ninguém esteja lá, pensaremos que foi alguém que o fez, devido à complexidade da tarefa. Imagine então toda a criação, como é que explosões e elementos químicos e físicos perfeitamente combinados poderiam gerar tudo o que existe? Além do mais, se nós dois morrermos agora e a sua teoria estiver correta, voltamos ao pó assim como dele viemos, mas se eu estiver correta, então você estará enrascado. Por isso, eu prefiro acreditar na minha teoria — falei sorrindo para tentar amenizar o que eu havia acabado de dizer e a expressão insatisfeita de Léo enquanto me ouvia.

— Então você acredita na existência de um Soberano, de celestiais e de caídos? — Perguntou Léo.

— Acredito, sim.

— Eu achei, sinceramente, que você fosse mais esperta do que isso, Camille.

— Opa, pera lá, agora você está me ofendendo. A fé, Léo, não se discute, a fé se experimenta. Espero que você tenha a oportunidade de experimentá-la um dia. Só peço que tenha mais cuidado com o que vai dizer daqui para a frente.

Léo ficou sem reação e recuou.

— Me perdoe, Camille. Às vezes sou meio seco quando se trata de afirmar algo em que acredito, mas preciso te respeitar. Você definitivamente não se parece em nada com as pessoas com as quais eu convivo. Há algo em você que me atrai, e eu não quero que as nossas divergências atrapalhem a nossa amizade.

— Eu também não, Léo.

Ele, então, mudou de assunto e conseguimos terminar a noite em paz. A caminho de casa, Paul me mandou uma mensagem perguntando se estava tudo bem comigo porque ele estava preocupado, e eu respondi dizendo que sim.

Léo, enquanto dirigia, percebeu que eu estava conversando com alguém por mensagem e perguntou se era com os meus pais.

— Não, estou falando com o Paul.

Léo respirou fundo e sua expressão claramente mudou.

— Acho que eu estou com ciúmes — disse ele.

Dei risada.

— Fica tranquilo, Léo, Paul sempre será o meu amigo número dois.

Léo não insistiu mais no assunto e me deixou em casa.

— Obrigado mais uma vez pela companhia, Camille. Me perdoe se te ofendi.

— Eu é que agradeço, o jantar estava maravilhoso. Fica tranquilo, fico feliz que sinta a liberdade de se expressar comigo.

Fechei a porta do carro e finalmente entrei em casa.

O ALIADO

Não somos onipresentes, mas podemos nos deslocar de um canto a outro da Terra com extrema velocidade, graças à nossa dimensão que não se limita ao tempo e ao espaço da dimensão humana.

Alguns de nós são responsáveis por protegerem nações de desastres climáticos e fatalidades, enquanto outros são enviados para proteger seres humanos conforme o propósito do Divino ou das petições que chegam até Ele. Existem ainda os que defendem e agem nas Comunidades.

Da mesma maneira que muitos de nós protegem nações, pessoas e líderes, muitos do outro lado são incumbidos de destruir essas mesmas pessoas e lugares — por essas razões nós guerreamos.

A nossa função também não se limita à proteção, muitos de nós têm habilidades para curar e realizar milagres conforme a permissão do nosso Criador. Somos organizados, possuímos divisão de tarefas e hierarquia, e nos foram concedidas capacidades e dons conforme as nossas responsabilidades como protetores, curandeiros ou mensageiros.

No mundo dos caídos não é diferente, mesmo com a rebelião e com a expulsão deles da nossa morada, a hierarquia e os poderes se mantiveram, isso porque a lei da criação não permite que aquilo que é dado seja tirado, ainda que estejam contra o Soberano.

A mesma lógica se aplica aos seres humanos, alguns deles foram dotados de dons e capacidades e, ainda que se desviem do caminho do bem e usem as suas habilidades para o mal, não perderão os presentes dados pelo Divino. Apesar disso, ninguém está isento das consequências.

Existem leis e regras que foram estabelecidas antes da criação: para cada infração existe uma consequência, cujo estabelecimento o Soberano respeita e cumpre.

O Redentor se fez carne para pagar a dívida da pior infração cometida pelo ser humano, já que a única maneira de restaurar a imortalidade e dar ao homem o direito de viver em nosso mundo era cumprindo a Lei e sofrendo a consequência mais grave.

Apesar da maior penalidade ter sido cumprida pelo Redentor, os seres humanos ainda precisam arcar com as consequências de outras infrações que, embora pareçam injustas para o homem em sua limitada percepção, no nosso mundo, nada mais são do que a justiça sendo aplicada.

Léo era uma marionete de Thunder — cuja incumbência era influenciar não somente o garoto, mas toda uma nação. A mente de Léo foi moldada conforme a vontade de Thunder para que não apenas ele se corrompesse, mas fosse capaz de corromper muitas outras pessoas.

A família de Léo e a de Camille estavam em lados opostos, e cada uma delas exercia forte influência sobre todos ao redor, sobretudo os seus filhos. Muitas vezes o Soberano enviou mensagens através de nós à família de Léo para que se arrependessem do mal que faziam à humanidade e tentando lhes dar uma nova chance, mas os seus corações estavam cheios de ganância e orgulho, tornando-os surdos para tudo que fosse bom. Léo já não sabia o que era certo ou errado, o que era bem ou mal, muito menos acreditava no nosso mundo, visto que seus pais incentivaram a corrupção do seu coração. Infelizmente, ele crendo ou não, o nosso mundo existe e as consequências pelos seus atos iriam chegar.

Já os pais de Camille pediam pela proteção dela dia e noite, tocando o coração do Soberano. Além do mais, Parakletos habitava nela desde o momento em que ela, bem mais jovem, entregou sua vida ao Redentor. É verdade que ao longo da sua breve existência, muitas circunstâncias e situações minaram a fé de Camille, deixando-a muitas vezes sem esperança e questionando algumas permissões do Soberano. Mas ainda assim ela nunca deixou de ser filha, e tudo o que lhe ocorreu de bom ou ruim aos olhos dela, na verdade, estava contribuindo para que a sua mente fosse forjada e preparada para viver o seu propósito.

Além de tudo, Camille era muito amada por seu Criador e, apesar de ainda ter uma mente confusa e indecisa, Parakletos habitava nela e estava forjando o seu caráter e amadurecendo a sua fé.

Os caídos estavam em volta dela, tentando corrompê-la ou até mesmo aniquilá-la, através de ações diretas ou usando pessoas como Léo. Mal sabiam eles que o futuro já estava determinado. Léo estava tentando confundir a mente de Camille, mas na verdade era ela que estava confundindo a mente dele — o garoto estava pensativo e Thunder estava cada vez mais furioso.

19

O fogo

Paul me mandou várias mensagens durante a semana perguntando se eu estava bem. Eu quis saber se algo estava acontecendo, pois desde que ele conheceu o Léo estava se comportando daquele jeito estranho.

Paul era uma pessoa incrível, sempre sorridente, animado, gostava de conversar e atraía as pessoas para perto. Apesar de ser um tanto esquecido e desorganizado, não era difícil de decifrar, diferente de Léo. Ao contrário, o comportamento de Paul me passava total confiança, já que ele parecia verbalizar tudo o que passava em sua mente.

Além de tudo, Paul também tinha um jeito brincalhão, era impossível se sentir mal ao lado dele, pois ele tinha uma capacidade impressionante de entender as pessoas, aconselhá-las e animá-las — parecia que ele de fato se preocupava com os outros.

No meio da semana seguinte, acordei com dor no corpo e mal-estar, tudo indicava que havia pegado uma gripe forte. Logo que me levantei, Daniela percebeu o meu estado de saúde e disse que avisaria a agência que eu não tinha condições de ir aos testes naquele dia. Daniela continuava sendo uma das minhas melhores amigas em Paris e costumávamos tomar café da manhã juntas todos os dias. Apesar disso, tínhamos dificuldade de conciliar os nossos compromissos porque possuíamos características físicas distintas, assim, costumávamos ser chamadas para testes diferentes. Além do mais, ela também dividia o tempo entre os compromissos do dia a dia e o namorado.

Keith estava sempre muito ocupada e, normalmente, quando eu me levantava pela manhã, ela já não estava mais em casa, além de chegar tarde da noite praticamente todos os dias, quase sempre bêbada. Eu até queria ajudá-la, mas não sabia como — desde o meu último convite para ir à Comunidade, ela se distanciou um pouco, como se estivesse com receio ou desconfiança em relação a mim.

Existia algo em Keith que eu não conseguia entender; ao mesmo tempo que sentia que ela tinha um bom coração, parecia haver algo na mente dela que a prendia ou a bloqueava, impedindo-a de se relacionar de maneira plena com as pessoas.

Com relação ao meu estado de saúde, fui me sentindo cada vez pior ao longo do dia até chegar ao ponto de ficar só deitada. Respondi uma das inúmeras mensagens que Paul me enviara aquele dia contando que não estava me sentindo bem e que passara o dia encolhida, com muita dor no corpo e dor de cabeça, além do nariz congestionado.

No final daquela tarde, alguém bateu à porta e só havia eu e mais uma garota em casa. A menina estava no banho, então, relutante e exausta, precisei me levantar para ver quem era. Quando abri a porta, para o meu espanto, Paul estava na calçada com uma sacola gigantesca.

— Oi, Paul, que surpresa! Desculpe, mas não estou em condições de fazer nada hoje.

— Imagina, Ca, a última coisa que eu quero é vir te dar trabalho. Ao contrário, vim ajudar — disse ele, abrindo um sorriso e mostrando a sacola cheia de comidas diversas e sucos.

— Eu vim cuidar de você — continuou ele. — Sei que você está sozinha nessa cidade grande e deve ser horrível ficar doente longe da sua família. Vai lá deitar que eu preparo alguma coisa para você.

Paul então foi para a cozinha, preparou algumas das coisas que tinha trazido e levou para mim na cama. Nós ficamos ali conversando por um bom tempo enquanto eu me sentia protegida e cuidada. À medida que conversávamos, ele me dava mais detalhes de quem ele era, de sua família e de sua rotina. Fiquei surpresa em saber que ele possuía muitos hobbies e gostos brasileiros, como jogar futebol e comer feijoada. Apesar de nascido na França, Paul amava a cultura brasileira e revelava sentir falta da coxinha e do pão de queijo.

Após um tempo de conversa e muitas risadas, Paul mudou de assunto repentinamente:

— E aquele seu amigo, Cá, o Léo, faz muito tempo que vocês se conhecem?

— Na verdade, não. O Léo foi a primeira pessoa que eu conheci aqui em Paris, foi ele quem me buscou no aeroporto. Para ser honesta, não entendi muito bem a relação entre ele e a agência na qual eu trabalho, pois ele não faz parte do casting e não o vejo por lá. Mas é difícil entrar em alguns assuntos com ele, me parece um tanto reservado e discreto sobre a sua vida particular.

— Eu o entendo — disse Paul. — Não é fácil ser uma figura pública, ainda mais com tanta mídia em cima dele. No lugar dele, eu também iria expor a minha vida o mínimo possível, nunca se sabe o que podem fazer contra a gente.

— Puxa, eu não sabia que ele era uma figura pública — eu disse, espantada com a informação. — Sei que a família dele tem muito dinheiro e deve ser influente, mas não entendi por que ele recebe atenção da mídia. É por causa da empresa da família dele? Por acaso é uma empresa muito grande?

Paul parecia ter entrado em choque por um momento, como se tivesse denunciado algo que não poderia, como aquela pessoa que estraga uma festa surpresa, perguntando para o aniversariante qual será o horário da festa. Havia algo que Léo não tinha me contado ainda e isso ficou claro na expressão de Paul.

Paul não era do tipo de pessoa que conseguia esconder muito bem as coisas, mesmo que não falasse, a face dele sempre revelava seus pensamentos. Ele engoliu seco e quase sussurrando, perguntou:

— Você não sabia? Por que será que ele não te contou? Todos na França o conhecem.

— Diga logo, Paul. Para que tanto mistério?

— Acho que eu não deveria falar de coisas que Léo não te contou. É melhor você perguntar para ele.

— Diga logo, prometo que não vou contar que foi você que me disse. Nem pretendo comentar sobre esse assunto com ele, mas preciso entender qual o mistério que o envolve.

— Bem, na verdade, Ca, ele é filho de um parlamentar aqui da França, além de também estar ingressando na carreira política. A família dele é muito conhecida e influente, e o pai dele, infelizmente, tomou uma série de decisões e posicionamentos controversos. Também está envolvido em alguns escândalos, mas por enquanto são apenas acusações, nada foi provado.

— Puxa, ele não me contou, mas talvez seja por isso, talvez ele tenha receio de eu tirar conclusões precipitadas sobre ele por conta da sua família. Fico chateada por ele não confiar em mim, mas também consigo entender, talvez ele já tenha confiado e se decepcionado com muitas pessoas. Mas isso é tudo?

Paul engoliu seco:

— No que diz respeito ao que é público, é sim.

— É por isso que você estava tão preocupado comigo?

— Em parte, sim, mas essa não é a única razão. Mas vamos mudar de assunto, não gosto de sentir que estou fofocando sobre alguém, embora eu só tenha contado o que todo mundo já sabe. E então, você está se sentindo melhor?

— Estou sim, muito obrigada!

Paul não quis mais falar sobre Léo. Conversamos sobre outros assuntos até ele ir embora.

O ALIADO

Há dentro de cada filho um fogo que não se apaga e que os incendeia dia e noite. Não é o elemento que os seres humanos conhecem, é uma chama restrita à nossa dimensão, difícil de ser explicada, mas presente e capaz de se manifestar dentro dos filhos.

Este fogo é produzido pelo Parakletos, faz parte Dele e é Ele mesmo. Ao contrário do que pensam, esta chama não fica mais fraca ou mais forte conforme a busca dos filhos pelo Soberano, tampouco depende deles para existir, manter-se acesa ou forte. O Parakletos não depende da boa vontade dos filhos para incendiá-los, pois Ele é o próprio Soberano habitando em cada um que se entregou ao Redentor, cuja força e poder são imutáveis.

Embora o fogo não dependa dos filhos, só pode ser percebido por eles conforme observam a Lei e buscam o Soberano. Além disso, a chama produzida por Parakletos não pode ser tirada deles, pois aquilo que o Redentor dá ninguém pode remover. No entanto, a sujeira do pecado é capaz de impedir que os filhos consigam senti-la, vivê-la e experimentá-la.

A percepção e a vivência da plenitude oferecida por Parakletos depende da conexão e da obediência dos filhos ao Divino. Em parábola, é como um espelho, incapaz de refletir a beleza se estiver sujo, ou como uma lâmpada que é impossibilitada de propagar a luz se coberta por uma manta escura — a lâmpada e o espelho não deixam de ser quem são, mas não conseguem cumprir seus propósitos com excelência.

Não se confunda, leitor, eu não estou limitando o Parakletos a simples objetos humanos — Ele não é limitado, frágil nem se deteriora —, estou apenas tentando explicar através de uma alegoria como é a ação Dele dentro daqueles em que habita.

Embora possa ser difícil para os filhos identificar a presença do Parakletos, por estarem cheios de si ou das coisas do seu mundo, não significa que Ele não está agindo ou que Ele não tem poder para transpor qualquer desejo, vontade ou ação humana. Ao contrário, no plano humano não existe nada mais poderoso do que Ele.

O garoto Paul e Camille, como todos os filhos, tinham o privilégio de carregar dentro de si Parakletos. Paul já experimentava a plenitude de Parakletos e, por esta razão, escolhia nunca mais viver de outra forma. Paul sabia que não encontraria em nenhum outro lugar a vida completa que experimentava, por isso, buscava se fazer o mais sensível possível ao calor e à luz desse fogo. Paul era cheio de bondade e amor porque sua conexão com o Parakletos o tornava parecido com Ele.

Léo não conhecia Paul, mas Paul conhecia Léo muito além do que era dito nas mídias, pois eles tinham um amigo em comum: Nikolas.

Nikolas contava a Paul quem Léo era e o que ele era capaz de fazer. Foi Nikolas, inclusive, quem observou a atenção especial que Léo dava a Camille e, por isso, decidiu, em certa ocasião, contar tudo a Paul para que ele alertasse e protegesse a garota de alguma forma.

Não que Léo fosse perigoso como um psicopata ou fosse capaz de matar alguém, o garoto apenas não tinha senso de moralidade devido a sua criação e tinha perdido a capacidade de entender a diferença entre o certo e o errado e entre o bem e o mal. Enganar, mentir ou trapacear eram coisas normais para Léo, já que ele aprendeu que, no mundo deles, ações como essas poderiam trazer grandes vantagens.

Léo já teve uma série de outros relacionamentos amorosos em que enganou e mentiu para as meninas com as quais se envolvia, provocando nessas garotas sentimentos de insegurança, ansiedade e até depressão. Elas entregavam seus corações a ele e depois eram descartadas como objetos.

Por esta razão Nikolas e Paul temiam que isso acontecesse com a Camille e decidiram intervir sutilmente para protegê-la. Paul, especialmente, agia guiado pela chama que queimava dentro dele.

20

O plano

Já fazia algumas semanas que eu ia a testes e mais testes, mas nunca me chamavam para um desfile ou uma sessão de fotos. Havia algo em mim que os incomodava ou talvez faltasse algo que os atraía.

Enquanto na pequena cidade onde eu morava as pessoas costumavam dizer que eu era linda, me notavam e comentavam que eu tinha um grande potencial, aqui eu me sentia apenas mais uma entre milhares. Para ser sincera, estava me sentindo a mais feia delas.

As meninas que moravam comigo volta e meia eram chamadas para algum trabalho, algumas recebiam mais propostas, outras menos, mas eu ainda não havia conseguido nenhuma e estava começando a ficar preocupada, pois sabia que se as coisas se mantivessem assim, logo mais não compensaria para a agência me manter por lá e me mandariam de volta para casa. Eu temia voltar para a minha cidade como alguém que não havia dado certo na carreira e ainda ter que lidar com o sentimento de que o meu sonho havia acabado.

A minha vida em Paris se resumia a fazer testes e ir à Comunidade aos finais de semana. Estava tendo experiências que eu nunca havia tido antes em meu relacionamento com o Soberano:

minha fé não era mais baseada somente na cultura na qual eu estava inserida ou no desejo dos meus pais, mas na minha própria vontade e anseio por buscá-Lo.

Ao mesmo tempo, com relação à carreira de modelo, dia após dia eu me sentia cada vez mais desanimada. Talvez, em parte, porque não estava sendo chamada para os trabalhos e em parte simplesmente porque eu estava perdendo a ilusão de como era esse mundo. Não havia qualquer glamour, ao contrário, tratava-se de um trabalho árduo como qualquer outro, exigia disciplina e alto controle emocional, além de ser extremamente solitário.

Nos dias seguintes à visita de Paul, eu me sentia cada vez melhor e vagarosamente me recuperava da gripe. Naquela semana, para variar, Léo não deu nem sinal de vida, enquanto Paul queria saber como eu estava e se colocava à disposição caso eu precisasse de algo.

O final de semana chegou novamente e, como de costume, Léo surgiu das cinzas e me ligou perguntando se eu queria fazer algo diferente ou sair para comer. Eu disse que estava me recuperando de uma gripe e que ainda não me sentia totalmente bem, talvez nem fosse à Comunidade.

Léo, então, pediu perdão mais uma vez pelo sumiço e alegou que estava tendo uma semana muito corrida, mas insistiu em passar em casa para ver como eu estava. Naquele sábado, no final da tarde, Léo interfonou em casa.

— Oi, Cá, tudo bem?

— Tudo bem, Léo, cada vez me sentindo melhor.

— Eu sei que não está em condições de sair. Posso ficar por aqui mesmo?

— Claro, entre.

Daniela estava em casa e o cumprimentou:

— Oi, Léo! Quanto tempo!

— Pois é, Dani. Como você está?

— Estou bem. Quer algo para comer? — ofereceu ela.

— Acho que aceito um café.

Sentamo-nos os três à mesa e conversamos sobre coisas aleatórias, então comentei que não estava conseguindo nenhum trabalho e a Dani me consolou dizendo que o começo era assim mesmo, que algumas meninas já moravam lá há anos e os clientes já as conheciam e costumavam chamá-las com frequência. Então eu disse que estava preocupada e achava que logo a agência me mandaria de volta para casa.

Enquanto eu me expressava, Léo sorria e, com uma voz tranquila e sem qualquer sinal de preocupação, disse:

— Fica tranquila, Ca, daremos um jeito! — Ele piscou um dos olhos.

Normalmente eu não entenderia o que ele estava querendo dizer, mas depois do que Paul havia me contado, entendi que ele usaria sua influência para conseguir algo para mim. Fingi não entender o comentário dele, mas respondi:

— Vai me chamar para fazer fotos de alguma empresa sua? — Dei um sorriso irônico.

Ele, no entanto, não o correspondeu e, com o rosto tímido, disse:

— Tem algo que eu preciso te contar, mas não pode ser aqui e nem agora.

Daniela, sem entender nada do que ele estava dizendo, falou:

— Léo, está tudo bem? Você está me assustando!

— Sim, só preciso colocar vocês mais a par de como é a minha vida, eu sei que não tenho sido um bom amigo.

Ali, pela primeira vez, senti sinceridade nas palavras de Léo. Acreditei que algum dia ele finalmente me contaria a verdade sobre quem era. Eu não queria forçá-lo, até porque nada me dizia respeito e ele não tinha nenhuma obrigação de falar da vida privada dele para nenhuma de nós.

— Fica tranquilo, Léo, você é sim um excelente amigo, só tem o seu próprio jeito de ser, como todo mundo — disse Daniela.

Tivemos um final de tarde muito agradável, conversamos, demos risada e Léo foi embora. Em seguida, avisei Paul que não tinha condições de ir à Comunidade naquele dia e ele entendeu.

Como eu não iria ao encontro naquela noite, decidi que teria um momento com o Divino em casa mesmo. Peguei o livro da Lei, me sentei na cama, meditei e me conectei com Ele. Não é que eu não fizesse isso todos os dias e em todos os momentos — meu relacionamento com o Soberano havia se tornado tão íntimo que eu compartilhava minha vida toda com Ele, do amanhecer até a hora de dormir —, mas era importante tirar um tempo de total concentração e conexão com o Criador.

Abri um trecho da Lei que falava que os pensamentos e os sonhos Dele eram maiores que os meus e recebi, então, a resposta que tanto procurava: tudo estava acontecendo conforme a vontade Dele, não a minha, e não importava o que ocorresse, tudo contribuiria para o meu bem. A partir de então, aquietei o meu coração.

O ALIADO

O Soberano não apenas ama, *Ele é o próprio amor*. Ele não obedece à lei, *Ele é a lei*. Ele não age com justiça, pureza ou honestidade, *Ele é santo e é a própria justiça*.

O Soberano concedeu ao homem alguns de Seus próprios atributos no momento da criação: o ser humano foi feito para viver a plenitude daquilo que recebeu, mas usou o livre-arbítrio para tentar ser igual a quem ninguém nunca será, e por isso se tornou limitado, frágil e incapaz de ver tudo aquilo que o Criador projetou para ele. Ainda assim, o infinito amor do Soberano e do Redentor trouxeram aos filhos a chance, novamente, de viver uma existência perfeita.

O Soberano é honrado e adorado por nós o tempo todo, não porque Ele assim o deseja, mas porque Ele não pode negar quem é. Nós também, extasiados com a Sua beleza, capacidade e santidade, nos prostramos diante Dele e declaramos a Sua grandeza, não porque somos obrigados a isso, mas porque, assim como Ele não pode negar a Si mesmo, nós não conseguimos deixar de constatar a Sua majestade.

Apesar de nós, celestiais, sermos seres lindos, cheios de dons, habilidades e eternos, não temos uma gota da grandeza, majestade e sabedoria do Soberano. Este, apesar de ter toda a existência que Ele próprio criou aos seus pés, ainda que seja adorado por nós e até mesmo pelos caídos — já que nem eles podem negar tamanha força e grandeza —, escolheu amar, se importar e até mesmo fazer planos maravilhosos para os seus filhos.

Os planos do Divino são infinitamente maiores e melhores do que aqueles que os homens têm para si. Nem nós mesmos, seres celestiais, temos total conhecimento de tais planos, sendo assim, resta-nos apenas executar ordens, com a convicção de que tudo o que ocorre na vida dos filhos coopera para o bem deles.

Muitas vezes, alguns caminhos dos homens nos parecem tortuosos, porque ainda que amem ao Soberano e tenham a chama dentro de si, fazem escolhas e tomam decisões inconsequentes, levados por paixões e desejos. Ainda assim, o Divino permite que os filhos sigam esses caminhos que parecem distantes do Seu verdadeiro propósito porque respeita o livre-arbítrio e porque nada lhe foge das mãos, já que, embora os filhos acreditem estar sob reinado humano, estão, na verdade, sujeitos e submetidos ao reinado do Soberano, cuja dinâmica não é afetada pelo que acontece na dimensão dos homens.

Não há desastres naturais, mortes, crises econômicas ou políticas e nem mesmo guerras civis capazes de separar o amor do Soberano dos seus filhos ou de afetar ou destruir um filho sem a permissão do Soberano. Embora física e emocionalmente pareça que os filhos estão sendo afetados pelas circunstâncias, espiritualmente estão sob o reinado dos céus, visto que o plano físico deles se sujeita ao plano espiritual. De certo modo, as experiências dos filhos, sejam boas ou ruins segundo a percepção deles, serão subsídios para que não somente estejam preparados, mas estejam a caminho de viver o propósito em sua plenitude.

Camille pensava que não estava conseguindo sucesso na carreira que sonhava, acreditando que o resultado dependia da decisão de outros homens quando, na verdade, é o próprio Soberano quem dita as regras daquele mundo. Ainda que Ele não deseje que os filhos sigam por alguns caminhos, Ele permite que o façam para que tenham as suas próprias experiências e para que, a partir do amadurecimento proporcionado pelas novas vivências, possam fazer melhores escolhas e tomar melhores decisões.

Paigus acreditava ter criado uma armadilha para Camille quando, de fato, o Soberano permitiu que ela passasse pela provação sabendo que serviria para fortalecer a mente da garota. Além do mais, os planos do Criador não se restringiam à vida de Camille — Thunder estava furioso porque algo dentro de Léo estava mudando e ele não entendia exatamente o que era.

Ainda que Thunder acreditasse que podia controlar Léo como uma marionete, percebeu que a mente do rapaz estava absorvendo o que fluía de dentro de Camille. As batalhas na nossa dimensão em torno da vida de Camille estavam se estreitando cada vez mais, os caídos estavam à espreita, loucos para tragá-la, enquanto nós, aliados, nos revezávamos para protegê-la.

Algo estava prestes a acontecer, e nem nós nem os caídos tínhamos o total conhecimento do que era — somente o Soberano detinha a compreensão de tudo —, mas eu estava preparado para cumprir a minha missão e determinado a proteger o propósito por trás dela.

21

A segunda chance

A partir da convicção recebida naquele dia, decidi não ficar mais ansiosa e preocupada com o fato de não estar conseguindo o sucesso que eu esperava na carreira; eu havia entregado minha vida nas mãos do Soberano e continuei fazendo a minha parte indo aos testes e dando o meu melhor a cada entrevista.

Eu costumava visitar a agência com frequência para receber instruções ou conversar sobre alguns testes, mas percebia que toda vez que eu chegava, alguns dos agentes se entreolhavam — como se precisassem tomar uma decisão sobre mim.

No início, a sensação de estar aquém do que esperavam me incomodava, no entanto, como eu havia recebido uma paz que excedia todo o meu entendimento acerca do meu propósito, estaria satisfeita independentemente do que acontecesse. Se eu continuasse em Paris, ficaria feliz, mas também não me importaria de voltar para casa, estava com saudade da minha família e já não me sentia mais pertencente àquele lugar. Notei que a imagem que eu havia tecido do mundo da moda era, na realidade, uma utopia — o mundo fashion é árduo e, como qualquer campo profissional, por vezes é desleal e injusto. É fato que existem sim, pessoas boas, mas infelizmente a maioria não é somente egoísta, como também maldosa. Não era raro escutar casos de modelos que colocavam pedras nos sapatos das outras na hora dos desfiles ou estilistas e produtores que condicionavam a oferta de trabalhos em campanhas à satisfação de seus desejos, digamos assim, "sujos".

Diferente das semanas anteriores, em que Léo sumia nos dias úteis, na semana seguinte ao nosso café da tarde em casa, ele me ligou numa quarta-feira pedindo para que nos encontrássemos para tomar um sorvete. Eu sentia que esse convite não era como os outros, ele não costumava entrar em contato comigo durante a semana e sua voz denunciava que ele queria me revelar algo sobre si. No final da tarde, então, Léo me buscou no local do meu último teste do dia e me levou até uma sorveteria famosa na cidade.

Nossa conversa começou com ele perguntando como estava a minha semana até ali, mas à medida que eu falava, parecia que ele não estava me escutando de fato — olhava para baixo, os lábios estavam brancos e as mãos, trêmulas —, como se estivesse pensando ou ensaiando o que queria me contar.

Eu mal havia terminado de falar quando ele me interrompeu:

— Camille, eu preciso contar algo para você. Eu sei que mais cedo ou mais tarde você descobriria, mas tive medo e vergonha de falar quem eu de fato sou.

— Léo, você não deve nada a mim.

— Espere, eu preciso falar porque eu devo sim, amizades sem sinceridade não são amizades. Sei que eu havia dito que a minha família é dona de algumas empresas — o que não é mentira, de fato, mas essa não é a nossa principal atividade. Meu pai é um parlamentar influente aqui em Paris e ele tem tentado me introduzir na carreira política nos últimos meses. Nós somos figuras públicas e a maioria das pessoas tanto em Paris quanto na França nos conhece.

As mãos de Léo estavam cada vez mais trêmulas e o tom de voz cada vez mais baixo, tentei parecer calma e compreensiva para que ele não desistisse de me contar a verdade sobre ele.

— Puxa, Léo, eu imagino os motivos pelos quais não me contou tudo sobre você. Fique tranquilo, não vou te julgar.

— Infelizmente, isso não é tudo, Camille. Meu pai é acusado de corrupção e embora nada tenha sido provado ainda, conhecendo o meu pai, eu não duvido que ele de fato tenha desviado dinheiro. Nunca tive coragem de questioná-lo, nosso relacionamento é complicado e eu não queria que ele achasse que eu não confio nele. Além do mais, nós temos uma vida bem confortável e sempre tive medo de perder tudo.

Os olhos de Léo começaram a lacrimejar e não havia como dizer que ele não estava sendo totalmente sincero. Era nítido que ele estava envergonhado com a confissão.

— Desde que te conheci, Ca, não consegui te ver como vejo as outras pessoas, você tem algo diferente, uma inocência e pureza que me constrangem. Toda vez que estou perto de você, ao mesmo tempo que me sinto feliz, sinto culpa por ser quem sou. Nunca havia me sentido assim antes, o meu jeito de pensar e agir nunca me incomodou, até eu te conhecer e a sensação de que eu sou uma pessoa má me corroer.

— Léo, todos nós temos uma predisposição à maldade, faz parte da nossa natureza carnal. Uma vez eu li uma frase de um escritor chamado C.S. Lewis e que nunca me esqueci, dizia que *ninguém sabe o quanto é mau enquanto não tiver se esforçado muito para ser bom*, e ele ainda completa dizendo *que só descobrimos a força do vento quando tentamos andar no sentido contrário a ele, e não quando nos deitamos no chão**... Talvez essa frase expresse o que tem acontecido na sua mente nos últimos dias, à medida que você se aproxima da luz, consegue enxergar todas as coisas, sobretudo a escuridão que existe dentro de você.

Léo balançou a cabeça enquanto eu falava e olhou para mim com esperança. Era como se, de certo modo, eu tivesse dado a

---

* Citação de *Cristianismo puro e simples*, capítulo 11 – Harper Collins. (N.E.)

resposta para as perguntas que ele estava fazendo a si mesmo desde que me conheceu.

— Tenho pensado muito, não somente sobre os meus comportamentos, mas também sobre a minha família — disse ele. — Meu relacionamento com o meu pai é complicado, ele sempre foi muito exigente e distante e, muitas vezes, tentando inconscientemente chamar a atenção dele, me envolvi com coisas ruins e decidi que, assim como ele, eu deveria ao menos tirar vantagem de um mundo que já é tão desigual.

— Léo, não precisa me contar sobre coisas que dizem respeito a sua família, eu sei que são assuntos muito particulares.

— Eu preciso contar, Ca! Não porque te devo, mas porque preciso de ajuda. Tenho uma vida cheia de regalias, sou admirado e tenho tudo o que alguém da minha idade gostaria de ter, mas, ainda assim, tenho me sentido extremamente vazio. Há alguns anos tenho ido ao clube em busca de prazeres que me fizessem esquecer e fugir dos meus problemas, no entanto, com o passar dos dias, o ambiente, as pessoas e a bebida já não me satisfazem mais como antigamente, por isso, muitas vezes, vou embora cedo me perguntando como é possível existir um Criador que faz um ser humano para quem a felicidade será sempre inalcançável. Tenho tudo o que o dinheiro pode comprar, tenho o poder para conseguir o que eu quiser e o status para atrair quem eu quiser, mas ainda assim, não me sinto completo.

Léo respirou fundo após o desabafo que revelava a sua profunda insatisfação com a própria vida, até que recuperou o fôlego e continuou:

— Daí eu te conheci e vi uma alegria em você, você parecia, de fato, satisfeita. Desde então começou uma luta mental em mim entre me aproximar ou me distanciar de alguém que me fazia sentir bem e, ao mesmo tempo, extremamente incomodado com quem eu era. Confesso que muitas vezes fui tentado a usar minha capacidade de persuasão para te atrair e tê-la sempre perto de mim, mas imediatamente eu era dominado por um sentimento de culpa que me fazia não querer te machucar. É como se eu vivesse sempre com sede e, quando eu estava perto de você, minha sede fosse saciada, ao mesmo tempo em que a água que fluía de dentro de você me alcançava. Por mais que eu procurasse, eu não conseguia encontrar essa sensação em outro lugar. Ca, você pode deixar de ser minha amiga se quiser, e com toda a razão, deve estar chateada com as mentiras que eu te contei.

— Léo! — interrompi. — Você não tinha obrigação nenhuma de me contar tudo isso, mas fico feliz que tenha decidido confiar e ser honesto comigo. Sobre os seus conflitos internos e a analogia da sede que você sente que não consegue saciar em nenhum outro lugar, preciso te dizer que eu sou apenas uma garrafa que carrega água. Quer que eu te leve até a fonte?

Ele me olhou como se não estivesse entendendo aonde eu queria chegar.

— Vamos até a Comunidade no sábado comigo? — perguntei.

— Ca, eu não sei, tenho um pouco de preconceito com esses lugares, tenho a impressão de que as pessoas que os frequentam são caretas e não se permitem viver. Além do mais, tive vários amigos que embora frequentassem a Comunidade, continuavam com práticas como mentir e enganar.

— De fato, você não está errado, Léo, as pessoas que frequentam a Comunidade são tão humanas quanto nós, e estão sujeitas a seus próprios desejos e vontades. No entanto, a maioria delas está lá buscando se aperfeiçoar e, ainda que não sejam perfeitas, são movidas pela vontade de fazer o que é certo, de ajudar umas às outras a serem pessoas melhores. Além do mais, enquanto você considera ser livre como fazer o que quer, viver de acordo com a Lei é entender que todas as recomendações e mandamentos contidos nEla servem para cuidar de nós e são extremamente prazerosos de serem seguidos. A liberdade verdadeira não está em se inclinar às próprias vontades, mas em ter a capacidade de controlar a si mesmo. — Léo me encarava como se eu fosse maluca, mas aos poucos seu rosto começava a se suavizar e ele parecia refletir sobre minhas palavras e realmente considerar o que eu estava dizendo. — Agora é tudo muito confuso e incompreensível para você, mas logo você entenderá que a natureza que as move não é a mesma que movimenta as demais pessoas. Se você aceitar ir comigo à Comunidade, eu te garanto que quando beber da água da fonte, você nunca mais terá sede.

O ALIADO

Nós, celestiais, fomos dotados de extremo conhecimento e sabedoria, temos poderes especiais como a capacidade de curar mediante as ordens do Soberano, a responsabilidade de guerrear contra os caídos e até de enviar mensagens do Divino aos filhos. Alguns de nós protegem o trono do Soberano e outros O adoram constantemente. Cada um de nós tem múltiplas habilidades, responsabilidades e funções; alguns são mais poderosos do que outros em algumas atribuições, já que também fomos criados individualmente e para fins específicos.

O Soberano criou os humanos da mesma forma, como seres individuais com atributos físicos, emocionais e temperamentos personalizados. Os homens também foram feitos para serem eternos, felizes e completos, e nunca saberiam o que é o sofrimento, a dor e a morte se não tivessem desobedecido à Lei — a ganância os levou à fragilidade e seus corpos se tornaram mortais.

Segundo a Lei, criada antes da Terra existir, a desobediência do homem traria consequências devastadoras, e a pior delas seria o sofrimento eterno. Quem pensa que o Soberano foi indiferente, se engana, Ele sofreu. O Divino sabia que seria obrigado a se separar daqueles a quem Ele tanto amava e, ainda que tivesse poder e autoridade para apagar e desfazer a consequência da transgressão, Ele não poderia: o Soberano é justo e a justiça exigia que o preço fosse pago.

O maior dos caídos não odiava os seres humanos só porque são mais uma criação do Divino, mas porque ele sabia o quanto eram amados e sabia que forçar o Soberano a se separar deles Lhe causaria grande sofrimento.

Ele conhecia a Lei e por isso convenceu o ser humano a desobedecê-la — ele sabia que, ainda que o Criador não quisesse, deveria ser justo e cumpri-la.

Por amar tanto os humanos, o Redentor se fez carne como eles e entregou a Sua vida para que a dívida fosse paga, a Lei fosse cumprida e o véu que separava os seres humanos do Divino fosse rasgado, dando a chance de o ser humano e o Soberano terem de volta a comunhão eterna.

Paigus e Thunder não estavam apenas bravos, estavam furiosos: ao que tudo indicava, a armadilha estava falhando e, ao contrário do que planejavam, Camille não só estava mais conectada com o Criador como também estava apresentando a Léo uma vida que ele nunca havia experimentado antes.

A guerra no nosso mundo estava se intensificando cada vez mais, e Parakletos estava movendo os pais de Camille para pedirem por ela mais intensamente. Ao mesmo tempo, mais de nós estavam sendo enviados à batalha, assim como os caídos também estavam sendo convocados em grande número.

Thunder e Paigus não queriam perder Léo e sopravam aos montes em seus ouvidos, prometendo bens, dinheiro, poder e mulheres. As propostas chegavam a todo momento à mente do garoto, e o pai dele estava cada vez mais animado em introduzir o filho na política, fazendo-lhe promessas e dando-lhe o que ele nunca teve: atenção.

Léo estava confuso, pois tudo o que ele sempre quis era o amor do pai, e sabia que isso só seria possível se fizesse o que o pai queria. Ainda assim, Léo se sentia insatisfeito com a vida que levava e era tomado pela consciência de sua perversão, de seus pecados e de suas falhas.

As mudanças mentais que estavam ocorrendo em Léo apavoravam os caídos — eles sabiam que tais transformações não eram provocadas por nós, mas por Parakletos — somente Ele era capaz de convencer Léo de sua pecaminosidade e, se Parakletos realmente estivesse envolvido em tudo isso, nada nem ninguém seria capaz de detê-Lo.

22

A guerra

O dia de ir à Comunidade chegou e, surpreendentemente, Léo ainda não havia ligado ou mandado qualquer mensagem desistindo de ir ao encontro. Eu estava muito empolgada para levá-lo, sobretudo depois de tudo o que ele havia me contado. Sentia Léo perdido, indeciso e amedrontado, por isso eu estava certa de que a partir daquele dia tudo na vida dele poderia mudar.

Avisei Paul que provavelmente Léo iria à Comunidade naquela noite e, apesar de um tanto chocado, ele ficou tão empolgado que não conseguia se conter. Paul mandava mensagens frequentes perguntando se Léo havia desistido e querendo ajudar no que fosse possível para que ele estivesse lá.

Léo fez questão de ir com o próprio carro até a Comunidade – tudo era muito novo e ele se sentia mais confortável assim. Ele chegou para me buscar no horário combinado; entrei no carro e imediatamente olhei para ele para ter certeza de que estava determinado e seguro. Léo nem precisou dizer nada, era nítido que estava relutante e, de certo modo, era como se todas as suas experiências e convicções dissessem que aquilo era loucura, perda de tempo e que ele provavelmente se decepcionaria mais uma vez.

Em contrapartida, uma outra parte dele, que talvez ele sequer conhecesse, o impelia a continuar rejeitando todas as ideias contrárias que vinham a sua mente; era como se uma força maior o motivasse a tomar uma decisão que em "sã consciência" ele nunca tomaria.

— Está tudo bem, Léo? — perguntei.

— Não sei se "bem" é a palavra certa — disse ele com um sorriso tímido e vacilante.

— Vai dar tudo certo, você vai ver! Esqueça todos os conceitos que você tem sobre o Soberano, a Lei ou a Comunidade, vá de coração aberto.

Léo apenas engoliu seco e balançou a cabeça em sentido afirmativo. Durante todo o trajeto até a Comunidade ele ficou quieto e extremamente pensativo.

Assim que chegamos ao encontro, ao descermos do carro, eram notórios os olhares na direção de Léo. Eu já havia ido com ele a vários lugares e nunca tinha percebido o quanto ele era observado, conhecido e admirado por onde passava, foi só depois de tudo o que ele me contou que passei a notar.

Chegamos antes do horário do encontro para conseguirmos nos sentar nos melhores lugares, escolhemos as cadeiras que ficavam logo na frente e Paul já estava na bateria ensaiando as músicas daquele dia. De cima do palco, Paul abriu um grande sorriso e acenou para nós — ele estava em êxtase com a visita de Léo.

A Comunidade logo se encheu, as luzes se apagaram e a música iniciou. A garota ruiva começou a cantar e a letra convidava todos aqueles que tivessem fome ou sede a provar a água do rio que estava fluindo naquele lugar. Léo estava tímido, tudo aquilo era muito novo e ele não tinha coragem de cantar ou se movimentar. Ele apenas olhava com a expressão séria para todo aquele movimento.

Eu não fazia ideia do que se passava na mente de Léo, mas já estava feliz por ele estar lá, isso era o que realmente importava e o que fosse acontecer a partir dali já não dependia mais de mim.

A mensagem começou e Léo continuava com a mesma expressão, praticamente neutra, sem esboçar qualquer reação.

— Eu vim para que tenham vida e vida completa — disse o mensageiro. — Não importa quem você é ou o que você tenha feito, existe um amor que transcende tudo e todos disposto a ser derramado sobre a sua vida. Embora eu não possa prometer que você não enfrentará lutas e sofrimentos ao longo da sua trajetória, posso te dizer com convicção que em todos os momentos o Divino estará com você e, ainda que acredite não haver solução para tantos defeitos, pecados ou coisas ruins que você tenha feito, o Redentor já pagou o preço por todos eles e te convida a se render Àquele que deu a vida por você.

A música já tinha recomeçado quando finalmente Léo se expressou — ele se sentou, abaixou a cabeça e ali ficou durante toda a música. A canção acabou, o encontro terminou e algumas pessoas começaram a se levantar e conversar enquanto outras iam embora. Léo, no entanto, continuava da mesma maneira: imóvel e de cabeça baixa.

Fiquei sem saber o que fazer ou o que dizer a ele, e vi Paul caminhando em nossa direção. Paul se sentou ao lado de Léo e o abraçou, soprando em seu ouvido palavras sobre redenção, perdão e amor. Após algum tempo, Léo finalmente levantou a sua cabeça e correspondeu ao abraço de Paul; os olhos de Léo estavam vermelhos e claramente ele havia chorado enquanto estava de cabeça baixa.

Quando Léo conseguiu se recompor, o convidamos para sair e comer algo com a gente. Surpreendentemente, ele aceitou o convite, e combinamos de nos encontrar no lugar onde costumávamos ir após os encontros.

Entrei no carro e Léo ainda estava em silêncio. Pensei em perguntar a ele o que tinha achado de tudo aquilo, mas decidi esperar a iniciativa dele, pois seu corpo estava quieto, mas a sua mente devia estar extremamente barulhenta.

Paramos no semáforo vermelho e o silêncio ainda pairava dentro do carro, mal sabia eu que estava prestes a viver um dos piores momentos da minha vida. Assim que o sinal abriu e Léo acelerou, escutei uma freada brusca em nossa direção.

Léo não teve tempo de reagir, tudo foi muito rápido e agressivo. Senti uma pancada e meu corpo foi jogado com força para o lado esquerdo, o cinto de segurança me segurou e tive a sensação de que o meu corpo tinha chicoteado como um elástico. O alarme disparou, o air bag foi acionado, um ruído alto me ensurdeceu. Entrei em estado de choque. As minhas pernas amoleceram e fiquei ali, imóvel, tentando assimilar a situação. Aos poucos, fui movimentando as pernas, os pés e cada membro do meu corpo para verificar se tudo ainda estava no lugar. Enquanto isso, Léo soltava o cinto dele e olhava para mim:

— Camille, você está bem?

— Estou — disse eu ainda um pouco zonza.

Léo se levantou rapidamente, os carros à nossa volta pararam e eu finalmente consegui entender o que havia acontecido: um carro avançou o sinal vermelho do cruzamento e bateu na porta do meu lado.

As pessoas saíam de seus carros e ligavam para o resgate, e Léo me perguntou mais uma vez:

— Você consegue se movimentar?

— Acho que consigo sim.

— É melhor esperar o resgate.

— Não, acho que estou bem — falei.

Minha porta estava amassada e eu não conseguia abri-la. Insisti que Léo me ajudasse a sair pelo lado dele e ele me puxou devagar até eu conseguir chegar no banco dele e, finalmente, sair do carro.

Eu ainda estava com as pernas moles por causa do susto, mas não notei nenhum machucado ou marca de pancada. Graças ao Soberano, estávamos vivos e bem. Eu me sentei no meio-fio enquanto Léo conversava com o dono do outro carro até que em menos de vinte minutos Paul e alguns amigos da Comunidade chegaram.

Eles estacionaram seus carros e correram em nossa direção, nos abraçaram e ali ficaram, cuidando de nós até o resgate chegar, a polícia aparecer, os seguros serem acionados e toda aquela cena se desfazer. Em todo o momento eu só conseguia agradecer por estar viva.

LÉO

Desde bem jovem eu aprendi a enganar e a manipular as pessoas para conseguir o que e quem eu quisesse, mas nem sempre fui assim. Eu costumava ser uma criança gentil e verdadeira, enquanto meu pai, sempre muito ocupado, passava dias viajando, por isso eu o via raríssimas vezes.

A minha mãe, tomada pela depressão praticamente desde o meu nascimento, também não tinha condições emocionais de cuidar de mim. Assim, eu costumava ficar com as babás que meus pais contratavam. Conforme crescia, em tentativas de chamar a atenção do meu pai, por quem eu tinha profunda admiração, comecei a dar alguns sumiços de casa com certa frequência. Costumava passar temporadas dormindo na casa de amigos e frequentava os clubes da cidade quase todas as noites, ainda que menor de idade, visto que a minha família é muito influente e temos acesso a praticamente tudo o que queremos.

Inocentemente, eu acreditava que meus pais sentiriam a minha falta, mas a verdade é que mal se interessavam em saber onde eu estava. Meu pai vivia imerso em seu próprio mundo, profundamente engajado na política, e fazia da carreira a sua vida. Enquanto isso, minha mãe estava sempre trancada em seu quarto, dopada de medicamentos, tentando fugir da vida que considerava medíocre. Meu pai era um homem muito complicado, áspero, rígido e um marido ausente; ele traía minha mãe com frequência e, ainda assim, ela aceitava viver com ele porque não sabia como se sustentaria sozinha.

Apesar de todo o egoísmo, altivez, ambição e orgulho que envolviam meu pai, eu o admirava: o achava forte, influente e articulado. Cresci querendo um dia ser igual a ele e comecei a observar e a imitar as mentiras que ele contava, acreditando que futuramente eu poderia ter o aparente sucesso que ele tinha na sociedade. Nunca tive a pretensão de formar uma família, a imagem que eu possuía de paternidade, maternidade e casamento era totalmente deturpada, e a visão que eu tinha do Soberano também era distorcida, tratava-se da projeção de como eu enxergava meu pai: ríspido, negligente e mau.

Mesmo com todas as dificuldades dentro da minha casa, o dinheiro que meu pai ganhava me permitia fazer o que quisesse: comprar qualquer coisa quando eu sentia vontade, adquirir carros, além de chamar a atenção das garotas que se entregavam a mim sem o mínimo esforço da minha parte. Além disso, todos os rapazes também queriam ser meus amigos e eu amava ser bajulado por todos.

No entanto, poucos meses antes de conhecer Camille, comecei a ser dominado por um sentimento de solidão — não era que eu estivesse literalmente sozinho, já que estava sempre cercado de pessoas, mas os relacionamentos que eu mantinha eram claramente baseados em interesses por parte dos outros e já não me traziam mais tanta satisfação e eu não sentia sinceridade em nenhum deles.

A sensação de vazio aumentava a cada dia e as coisas que eu possuía ou às quais tinha acesso já não conseguiam me preencher como antes, de modo que frequentemente me trancava em meu quarto e passava o dia isolado em meu próprio mundo, tentando entender o sentido da vida.

Meu pai, então, me convidou para adentrar na política e enxerguei nesta área a possibilidade de me distrair e atrair a atenção dele. Comecei a aparecer na mídia, frequentar comícios, feiras e tudo o que envolvesse uma grande quantidade de pessoas. Era comum que os políticos e partidos tivessem parcerias com as agências de modelos, oferecendo facilidades, visibilidade e negociação com as autoridades locais em troca de recepcionistas e homens e mulheres bonitos em seus comícios e eventos.

Eu costumava buscar as garotas nos aeroportos e de quebra me envolvia com algumas, e foi exatamente nesse momento da vida, inundado de conflitos internos e esperançoso com a carreira que eu estava começando a seguir, que Camille apareceu. Fui buscá-la no aeroporto como fazia com todas as meninas, ela era bonita, obviamente, como as demais garotas que eu havia conhecido, mas assim que ela entrou no meu carro, eu senti algo diferente. Não se tratava de mera atração física, ela tinha algo que eu nunca havia visto, uma pureza, inocência e alegria que eu acreditava não existir nos seres humanos. Apesar de me aproximar dela com segundas intenções, aos poucos fui mudando de ideia.

Camille brilhava com o seu jeito de ser e, à medida que a conhecia melhor, achei que estava me apaixonando por ela. Tudo o que eu queria era estar perto dela e ter um vislumbre da felicidade que eu só sentia quando ela estava comigo, a minha alma desejava incessantemente não somente ela, mas o que ela carregava.

Algumas vezes pensei em trazer Camille para mais perto de mim, inserindo-a na minha realidade, e mostrar a ela o mundo encantador que exteriormente eu parecia viver, no entanto, nada parecia impressioná-la. Além do mais, cada vez que cogitava a hipótese conquistá-la, algo que eu não conseguia explicar me impedia e era invadido por sentimentos de culpa e arrependimento. Eu nunca havia respeitado nenhuma mulher de fato, exceto Camille.

Lutando contra a minha natureza, eu me afastava para não a machucar, ao mesmo tempo em que cedia às minhas próprias vontades e tentava encontrá-la para receber o alívio que só a presença dela proporcionava para as fortes dores que eu sentia na alma.

Camille era uma garota muito inteligente e sábia, mas não foram somente suas palavras de sabedoria que me convenceram a ir à Comunidade; o que de fato despertou minha curiosidade de visitar o local que ela tanto comentava era a sede interior cuja saciedade ela disse que eu encontraria lá.

Durante a semana que se seguiu ao convite dela, relutei em minha alma e em meus pensamentos — ir à Comunidade para mim era loucura, ilógico e me fazia sentir que estava acreditando em um conto de fadas. Ao mesmo tempo, algo me impelia a ir e, apesar de estar numa nova fase da vida, com possibilidade de carreira e recebendo a atenção dos meus pais, parecia que eu estava prestes a entrar em uma nova busca incessante por identidade e amor que nunca seriam realmente encontrados.

Assim que aceitei o convite de Camille para ir à Comunidade, decidi que não me entregaria facilmente às emoções e apenas observaria e analisaria tudo o que seria dito e apresentado. Entrei na Comunidade determinado a olhar tudo sob uma ótica racional e disposto a tirar aquela ideia da minha cabeça assim que saísse de lá.

A música começou a tocar e cada palavra parecia expressar o que a minha alma já estava querendo gritar nos últimos meses. De repente, eu me senti tão errado, imoral e pecador que a minha vontade era de sair dali e abafar a dor que a exposição de quem eu era estava me causando. No entanto, ao mesmo tempo em que me envergonhava de minhas ações, durante a mensagem, descobri que talvez houvesse uma salvação até mesmo para mim, o pior dos homens.

À medida que as palavras da Lei eram pronunciadas, meu coração se enchia de paz e de esperança, e por alguns instantes eu esqueci meus problemas, minha vida, minhas preocupações, e o tempo pareceu parar. Eu não queria estar em outro lugar, apenas ali.

Já caminhando para o final do encontro, quando a música começou novamente, fui inundado por sentimentos de misericórdia e pensei que comecei a entender o sentimento da graça que foi anunciada no encontro. Aquilo não podia ser coisa da minha cabeça, era real e quase palpável, eu finalmente havia experimentado do mais nobre e poderoso sentimento: o amor. Tal amor me constrangeu de tal maneira que eu não conseguia reagir ou me levantar, só conseguia chorar e agradecer o que estava vivendo.

Enquanto estava com a cabeça baixa, digerindo tantas emoções e pensamentos, senti um abraço apertado nitidamente diferente de todos aqueles que havia recebido ao longo da vida: eu estava sendo abraçado não pelo que eu tinha, mas por quem eu era.

Eu já não sabia mais o que fazer a partir dali, como deveria pensar, me comportar ou viver depois de sair daquele lugar. Não queria mais voltar à minha rotina, me relacionar com as mesmas pessoas e buscar a atenção do meu pai, tudo o que eu precisava já havia encontrado e já me sentia extremamente amado e cuidado por um novo Pai.

Enquanto Paul falava em meus ouvidos, afastava todo o medo de como seriam meu comportamento e minhas atitudes quando saísse da Comunidade, e cada palavra dita por ele respondia às perguntas acerca do meu futuro. Paul explicava que eu era amado pelo Soberano e que o Redentor havia pagado todas as dívidas geradas pela minha iniquidade, ele disse que muitas coisas no meu interior iriam mudar, mas que eu não estava sozinho e contaria com a ajuda de Parakletos no processo de mudança que aconteceria a partir das minhas decisões. Eu sabia que inúmeras transformações passariam a acontecer por dentro e por fora e estava decidido a vivê-las.

O ALIADO

Léo foi cuidadosamente planejado, desenhado, formado e gerado pelo Soberano. Apesar da criação negativa dos seus pais e de todo o desejo, cobiça e vaidade aos quais Léo se entregou, o Soberano nunca desistiu dele.

Os caídos sempre tentaram contra a vida de Léo e, assim que ele rendeu sua alma aos prazeres oferecidos por eles, ganharam o controle da mente do garoto. À medida que Léo ia se entregando ao que lhe era oferecido, Thunder começou a usá-lo também para influenciar e destruir outras pessoas, fazendo planos, inclusive, para o futuro.

Thunder não esperava, no entanto, que o amor o encontraria. Desde o momento em que Léo conheceu Camille, Parakletos começou a agir na vida dele através dela e, então, a guerra na nossa dimensão se intensificou. Os caídos tentaram atrair Léo de todas as formas possíveis, persuadindo-o, soprando mentiras horrendas vestidas de doces verdades em sua mente e, sobretudo, tentando impedir o encontro dele com o Soberano.

Apesar de todos os esforços, Thunder não era mais forte ou mais ágil do que Parakletos. Enquanto Léo estava na

Comunidade, à medida que nos movíamos, curávamos e auxiliávamos os filhos, Parakletos revelava a Léo sua natureza pecaminosa e o conduzia ao arrependimento. O físico e a mente de Léo não queriam se entregar, mas o seu espírito se rendeu completamente.

Thunder ficou furioso com a situação e decidiu intervir de maneira mais agressiva, disposto a fazer o que fosse necessário tanto para destruir Léo quanto para se vingar de Camille, visto que, com Parakletos agora habitando também em Léo, ele havia perdido o controle sobre o garoto.

Thunder, então, convocou os seus melhores soldados — ele era um dos generais de guerra dos caídos — e quando Camille e Léo sequer haviam saído da Comunidade, começaram uma ofensiva contra todos os celestiais que os protegiam.

Prontamente, aliados de maior hierarquia e mais poderosos enviados pelo Soberano se juntaram a nós na batalha, encarando ferozmente os inimigos vorazes e se colocando à frente de Camille e Léo, na tentativa de impedir qualquer atentado contra as suas vidas. Rapidamente espadas foram desembainhadas até que começamos a combater de forma acirrada sobre Paris.

Thunder e Paigus queriam não apenas impedir o cumprimento do propósito para o qual Camille foi criada, mas também evitar as implicações que a decisão de Léo causaria não somente a ele, mas futuramente a sua própria família e a toda uma nação.

Eu e os demais celestiais lutamos bravamente contra Paigus, Thunder e os caídos para que o pior não acontecesse com Camille e Léo. O que para os humanos são minutos ou segundos, para nós podem ser horas, dias e até anos, já que a nossa dimensão não está sujeita à lei do tempo terreno. Thunder e Paigus eram extremamente poderosos e, apesar de lutarmos com toda a nossa força e energia, não estávamos conseguindo detê-los. Enquanto os caídos lançavam o carro contra os garotos, eu tentei segurá-lo de todas as formas possíveis e impedir o acidente, mas Thunder era forte demais, e eu estava falhando na minha missão.

Quando acreditei que perder aquela batalha seria inevitável, o ambiente que nos envolvia mudou e uma força para a qual eu sequer conseguia olhar invadiu a nossa dimensão com o som ensurdecedor de um rugido. Os caídos ficaram paralisados, e tanto Paigus quanto Thunder recuaram com olhares assustados. Imediatamente, todos nós, caídos e celestiais, nos prostramos e nos rendemos ao Rei — Ele havia decidido intervir, e nada nem ninguém poderia impedi-lo.

Léo e Camille estavam a salvo, pois o dono do jogo fechou o tabuleiro e a armadilha foi desfeita.

23

Há propósito

O resgate finalmente chegou e fomos levados ao hospital para fazer alguns exames, mas apesar do susto e da força da batida, tanto eu quanto Léo estávamos bem.

Assim que chegamos ao hospital, uma das responsáveis por mim na agência me ligou para confirmar se eu precisava de alguma coisa e aproveitou para perguntar se eu teria condições de ir até lá no dia seguinte para conversarmos. Eu disse que sim, já imaginando qual seria o assunto.

Era mais do que nítido que eu não estava conseguindo trabalhos e, após o acidente, ficar lá por muito tempo, além de ser mais custoso para eles, também envolvia mais riscos. Apesar de me sentir chateada ao imaginar o conteúdo da conversa do dia seguinte, eu não podia reclamar, havíamos sofrido um acidente sério e saído ilesos.

Assim que pude, conversei com meus pais e contei sobre o acidente. Obviamente, ficaram surpresos e muito preocupados, queriam saber de cada detalhe e fizeram muitas perguntas, mas entendo, queriam se certificar de que eu de fato estava bem e agradeceram ao Divino pelo grande livramento. Depois de eu assegurar que todos os meus exames estavam perfeitos, conversamos sobre a possibilidade de eu voltar para casa. Meus pais, assim como eu naquele momento, não conseguiam mais enxergar propósito em minha permanência em Paris.

No dia seguinte, logo pela manhã, levantei-me e fui até a agência. Assim que cheguei lá, mais uma vez, eles se entreolharam, confirmando a notícia que eu já esperava e estava preparada para receber.

— Sente-se aqui, Camille — disse a responsável. — Você é uma menina linda e tem muito potencial, porém, por alguma razão que nem nós conseguimos explicar, não está conseguindo trabalhos. Acreditamos que seja por conta do mercado atual, que está bem restrito, e ultimamente tem procurado por outros biotipos. É por isso que vamos te mandar de volta para casa, mas fique tranquila, assim que o mercado reaquecer, vamos cogitar a hipótese de te trazer de volta. Nós sentimos muito e sabemos que esta não era a notícia que você queria ouvir, mas há tempo para todas as coisas e talvez o seu ainda não tenha chegado.

À medida que ela falava meus olhos se enchiam de lágrimas, embora eu estivesse preparada para essa conversa, fiquei chateada na hora. Engoli seco e quase não disse nenhuma palavra, apenas agradeci a oportunidade que me deram de estar lá.

No final da conversa, eles disseram que mais tarde me passariam os dados do voo e que era Léo quem provavelmente me levaria até o aeroporto. Saí de lá aos prantos, certa de que tudo havia acontecido de acordo com a vontade do Soberano. Apesar disso, pensar em sair de uma cidade tão bonita e que me proporcionou tantas experiências incríveis, sobretudo deixar os amigos que fiz lá, me entristeceu.

Enquanto eu voltava para casa, Léo me ligou:

— Camille, tudo bem? Acabaram de me ligar da agência, nós vamos dar um jeito!

— Não, Léo — disse eu. — Fique tranquilo, creio que tudo aconteceu da maneira que era para acontecer.

— Mas Camille, não quero que você vá embora. Eu estava tão empolgado com essa minha nova fase, receber essa notícia foi como uma balde de água fria. Vou conversar com o meu pai e ver o que ele pode fazer para te manter aqui.

— Me manter aqui para quê, Léo? Nós podemos procurar outra agência, mas se não deu certo nessa, não dará em outra. O meu tempo aqui acabou e estou feliz por ter contribuído de alguma forma com as transformações que estão acontecendo na sua vida. Sobre mim, vou repensar se essa carreira é mesmo o que o Soberano deseja para a minha vida, talvez não seja isso ou talvez simplesmente não seja o tempo. Além do mais, confesso que estou com saudade da minha família.

— Mas o que eu vou fazer sem você aqui? Vou ficar totalmente perdido.

— Fique tranquilo, Léo. Agora você nunca mais se sentirá sozinho. Sem falar que você conheceu pessoas incríveis na Comunidade que terão prazer em andar junto com você. O Paul é um deles e ele já me disse que está feliz em ser seu mais novo amigo.

Léo estava relutante, parecia não querer aceitar minha partida, mas insisti em explicar que era o que eu queria também. Desligamos o telefone, liguei para Paul e expliquei a situação. Ele também ficou muito chateado, mas entendeu que tudo estava acontecendo por um propósito. Pedi que cuidasse de Léo nessa nova fase, já que eu estava certa de que ele enfrentaria ainda muitos desafios, conflitos internos e resistência por parte da família dele, bem como de todo o meio que o envolvia.

— Fique tranquila, Ca, não vou largar o Léo um minuto sequer! De qualquer forma, vou sentir muitas saudades — disse Paul.

— Eu também vou, não podemos perder o contato, Paul!

Após falar com Paul, liguei para os meus pais e dei a notícia de que logo eu iria embora. Eles até demonstraram que estavam chateados pela minha carreira não ter dado certo, mas também não foi difícil identificar na voz deles um fundo de alegria por saber que eu iria para casa.

— Como você está se sentindo com tudo isso, filha? — Perguntou meu pai.

— Confesso que estou um pouco chateada, pai, questionando o porquê de tudo isso estar acontecendo.

— Filha, eu acredito que você teve ótimas experiências aí e que, por alguma razão muito maior do que a gente consegue entender ou explicar, o Soberano permitiu que você passasse por tudo isso. Nós estamos muito felizes de ter você de volta, vamos te receber com muita alegria e, acredite, você não voltará a mesma.

— Eu tenho certeza disso, pai.

Desliguei o telefone e já havia recebido a mensagem com as informações do voo para a manhã do dia seguinte. Foi tudo tão rápido que mal teria tempo de me despedir das pessoas.

Tentei ligar para Dani e para Keith, mas nenhuma delas atendeu minhas ligações, então mandei mensagens a elas dizendo o quanto foi bom o tempo que passamos juntas.

Já era noite, e a única pessoa que eu tinha certeza de que veria antes de ir embora era Léo. Senti por não poder me despedir dos meus amigos da maneira como eu queria, mas era grata por tudo que tinha vivido ali.

Após tomar um banho, quando já estava fazendo as malas, a campainha tocou. Quando abri a porta não pude acreditar no que estava diante dos meus olhos: Léo, Paul e os amigos da Comunidade estavam na porta com alguns presentes.

— Você não achou que ia embora sem se despedir direito de nós, não é mesmo? Podemos entrar? — perguntou Paul.

Eu estava em choque, tão feliz com a surpresa que mal expressei reação.

— Claro, são muito bem-vindos!

Todos entraram e começaram a colocar petiscos deliciosos na mesa, ali tivemos um tempo de muita conversa, risadas e choros de despedida. Aquela foi uma das surpresas mais bonitas que eu já recebi e, naquele momento, tive a convicção de que apesar de as coisas não terem saído como eu esperava, o tempo em que estive em Paris certamente valeu a pena.

O ALIADO

Quando o Soberano criou o homem, logo percebeu que este precisava de alguém com quem pudesse compartilhar suas experiências e sua vida. Ainda que o próprio Criador, todos os dias, conversasse pessoalmente com o primeiro homem, Ele sabia que seria necessário criar alguém da mesma espécie.

No entanto, da mesma forma que os bons relacionamentos os elevam, os ruins podem levá-los à destruição. O grande plano do caído era tirar Camille da bolha de proteção em que estava e colocá-la em comunhão com pessoas capazes de corromper seus bons costumes, valores e sua moralidade. O caído sabe o poder que um ser humano tem sobre o outro, seja influenciando o modo como o outro pensa ou a maneira como se comporta.

Os caídos conseguem controlar nações e pessoas através dessa influência, eles seduzem homens e mulheres, iludindo-os e lhes dando fama e dinheiro para que sejam admirados por outros e, consequentemente, imitados. Da mesma forma, o Soberano também tem os seus filhos, pessoas guiadas por Paraklетos que amam de fato e servem uns aos outros, auxiliando e aconselhando os que estão à sua volta. Assim como existem pessoas más em todos os lugares do mundo, existem também as boas, que buscam fazer a vontade do Soberano, atentas a ouvir a direção Dele e ajudar umas às outras.

Os filhos são como um corpo que possui vários membros, cada um com uma função, por isso, o membro de um corpo não pode se esconder nem deixar de cumprir sua parte, pois quando um não cumpre sua responsabilidade faz falta para todos os demais.

Paigus acreditou que havia feito uma armadilha para Camille, mas ao contrário do que ele esperava, em vez de ser influenciada e sucumbir aos desejos e paixões humanas, a ação de Parakletos na vida dela tornou sua fé mais madura e a aproximou do Soberano. Camille já não mais se relacionava e obedecia ao Divino por conta da sua cultura ou costumes familiares, mas por decisão própria. Assim, a garota não só não foi influenciada por Léo como se tornou uma peça fundamental para a transformação na vida dele — Aquele que habitava nela era maior do que aquele que estava em Léo.

A partir de todas as experiências vivenciadas, Camille voltaria ainda mais convicta de suas crenças, enquanto Léo, apesar de certamente encontrar resistências da família, dos amigos e do ambiente dali em diante, teria o auxílio dos outros membros do corpo e do próprio Parakletos para enfrentar seus novos desafios e se aperfeiçoar constantemente, até o dia em que juntos pertencerão à mesma morada.

24

A dimensão eterna

Ao amanhecer do dia seguinte, Léo já estava à porta para me levar até o aeroporto, já que o meu voo sairia logo cedo. Ao longo do caminho, Léo estava um tanto quieto, pensativo e reflexivo, eu sabia que ele estava se concentrando para não se emocionar e chorar com o meu retorno para o meu país.

— Promete que não vamos perder contato? — perguntou ele.

— Com certeza não vamos perder! Quando conseguir, vá passar um tempo na minha cidade, eu e meus pais ficaremos muito felizes em te hospedar em nossa casa.

— Vou sim! Antes do que você imagina — disse ele, sorrindo. — Obrigado por tudo que fez por mim aqui.

— Eu é que agradeço pelas conversas, pelos lugares aos quais me levou e pela recepção. Foi muito bom viver essa experiência e espero algum dia voltar — falei, com os olhos já marejados.

— Por favor! — disse ele. — Volte logo.

Léo ficou no aeroporto comigo até a hora do check-in. Quando chegou o momento de entrar na sala de embarque, ele me deu um forte abraço, como alguém que se despede de quem muito ama e ali, apesar da tristeza da despedida, eu me senti realizada em ter apresentado a ele A pessoa mais importante de sua vida..

Ao entrar no avião, fui tomada por um sentimento de gratidão por tudo que vivi, senti, experimentei e, sobretudo, por ter sobrevivido àquele acidente. Finalmente eu estava voltando para a minha casa e poderia rever a minha família.

Lembrei também de Keith e Daniela, das quais eu mal havia conseguido me despedir — elas chegaram em casa quando eu estava dormindo e saí antes delas acordarem. Senti por não ter conseguido ajudá-las como ajudei Léo, apesar do meu esforço, havia mudanças que só poderiam ser feitas se elas realmente quisessem. Ainda que aparentemente elas estivessem imersas em seus problemas e nas dificuldades causadas por suas próprias decisões, torci para que nada do que eu havia dito tivesse sido em vão — algumas sementes podem demorar mais do que outras para brotar.

Viajar sozinha me trouxe muitos ensinamentos: aprendi a ser grata pelas coisas simples e corriqueiras da vida, a dar valor a quem está perto de nós e nos ama, descobri que minha fé era maior do que eu imaginava e, sobretudo, aprendi que o Soberano me amava imensamente e cuidava de mim e me acompanhava onde quer que eu estivesse. Também entendi que os momentos passageiros da nossa vida não definem como ela será, assim como o que pensamos de nós mesmos não define quem somos.

Nossa trajetória pertence somente ao Divino, e Ele nos conhece mais do que nós mesmos. Quando somos jovens e as coisas não acontecem como esperamos — muitas vezes por imaturidade nossa — nos decepcionamos a ponto de agirmos com certa rebeldia, seja com nossos familiares ou até com o próprio Soberano. No entanto, a verdade é que tudo acontece por um propósito maior e, embora aos nossos olhos pareça que as coisas estão dando errado ou que não temos tanta sorte quanto as outras pessoas, o fato é que *absolutamente tudo contribui para o nosso bem*.

Além do mais, ainda que não vejamos, existe um mundo em outra dimensão, cíclico e poderoso, que nos observa e que está pronto para interferir nas nossas vidas, respondendo nossa realidade conforme nossos pensamentos e comportamentos, pelos quais devemos sempre zelar.

Eu sabia que minha trajetória estava apenas no início e que existia algo muito mais relevante e cheio de propósito no meu caminho do que a carreira que eu planejava seguir. Eu estava pronta para viver minha nova história.

O ALIADO

A batalha neste momento da vida de Camille tinha terminado, mas certamente viriam muitas outras — a garota tinha um propósito importante que impactaria inúmeras gerações, os caídos sabiam disso e tentariam contra ela durante toda a sua vida.

Léo também enfrentaria muitas lutas, pois além das transformações interiores pelas quais ele ainda iria passar, haveria resistências exteriores comandadas pelos caídos para tentar impedir que ele vivesse o seu propósito e fosse influência na vida de outras pessoas. Mas o nome dele já estava escrito no Livro da Vida e não importava por quantos desafios precisaria passar, ele não estava mais sozinho: teria Paul, os amigos da Comunidade, Parakletos e nós para auxiliá-lo.

Quanto a Keith e Daniela, ambas receberam a revelação da Lei e com ela o convite de conhecer o Redentor em sua essência e a chance de também terem a vida e o futuro transformados. Infelizmente, como uma semente plantada entre espinhos, foram sufocadas por seus traumas, vícios e egoísmo e escolheram rejeitar uma nova possibilidade de vida, e suas mentes seguiram controladas pelos caídos.

Quanto a nossa dimensão, o movimento não cessa, não dorme, não descansa e nem baixa a guarda. Estamos em guerra contra os caídos o tempo todo, atacando e protegendo nações, movimentando as forças da natureza e tentando interromper ou manter propósitos.

Ainda que aos olhos humanos a vida pareça simples, rotineira e ordinária, a verdade é que é extraordinária e cheia de superação. A beleza não está no que os homens chamam de sucesso e visibilidade, mas nos detalhes e na simplicidade da rotina, que embora aparente ser inofensiva em sua dimensão, na nossa é repleta de grandes batalhas, reviravoltas e emoções — as verdadeiras guerras acontecem no cotidiano, em decisões que parecem pequenas, mas são capazes de mudar a história.

Cobiça, desejo, egoísmo e outros pecados, embora pareçam pequenos aos olhos dos homens, podem levá-los a grandes quedas, ao mesmo tempo que a rendição, o perdão, a obediência e um coração sensível a Parakletos podem direcioná-los a grandes conquistas. Decisões em comunhão com o nosso reino têm poder para transformar a trajetória de muitas pessoas.

A aceitação da existência desta dimensão por parte dos homens proporciona zelo sobre os seus pensamentos e comportamentos, enquanto a ignorância os torna inertes, presos a suas rotinas e adoradores de si mesmos. Desconsiderar a nossa existência não faz com que deixemos de existir, apenas torna os homens mais vulneráveis aos enganos e ataques malignos.

Nós, celestiais, entendemos que enquanto houver fôlego na vida dos filhos, há propósito, por isso estamos prontos para seguir as ordens do Soberano e protegê-los, curá-los ou lhes entregar mensagens. Serviremos até o momento da batalha final, quando finalmente receberemos os filhos com grande alegria para viverem conosco e fazerem parte de uma dimensão onde não existe dor, sofrimento, medo, tristeza, limitação física, doença ou morte; onde receberão a plenitude, a paz e o regozijo eterno.

EPÍLOGO
Camille

A juventude foi uma pequena parcela da minha vida, porém não menos importante. Cada fase pela qual passei carregou uma beleza própria e trouxe consigo também seus próprios desafios.

Viver em Paris, conhecer tantas pessoas e ser uma peça importante no processo de transformação de Léo deixou marcadas em minha memória aprendizagens inesquecíveis que carreguei para o resto da minha vida.

Se você, caro leitor, me perguntasse o que eu queria de fato com relação ao meu futuro enquanto eu era moça, diria que queria retornar à França um pouco mais velha, tentar novamente a carreira de modelo com mais maturidade e encontrar um grande amor por lá, quem sabe o próprio Léo.

Eu sabia que tudo o que eu havia passado fazia parte de um grande propósito e, apesar de todas as negativas e da sensação de não ter sido criada para tal carreira, acreditei por um tempo que aquele talvez não fosse o momento, mas que a hora certa de retornar à cidade chegaria — o que não aconteceu.

Nunca mais conversei com as garotas que moraram comigo, só sei o que houve com elas desde que voltei ao Brasil graças às redes sociais, que me permitiram acompanhá-las a distância.

Paul, Léo e eu conversamos praticamente todos os dias após a minha chegada ao Brasil e prometemos que nos veríamos novamente, no país deles ou no meu — isso também não aconteceu. Pouco a pouco fomos espaçando as conversas até que, imersos em nossas rotinas, nos afastamos.

Assim como as garotas com as quais eu havia morado, consegui acompanhar a vida de Léo pelas redes sociais: ele não havia desistido da carreira política, ao contrário, se engajou nela fortemente, mas com uma mentalidade completamente diferente da que ele tinha quando nos conhecemos. Léo se tornou uma das principais vozes da sua nação, extremamente influente e admirado pelos jovens pela sua honestidade e coragem de lutar contra o sistema corrupto da França. Eu nunca soube com detalhes como tudo ocorreu na vida de Léo e quais desafios ele encontrou após aquela ida à Comunidade. Nós até conversamos por um tempo, mas ele foi ficando cada vez mais ocupado e cheio de compromissos, a ponto de nos afastarmos completamente.

Até fiquei chateada com Léo, ele parecia gostar tanto de mim e tinha prometido que não desistiria de me ver, mas depois compreendi que ele fazia parte de uma realidade completamente diferente da minha e, ainda que quisesse, não conseguiria manter o mesmo contato comigo — os planos do Soberano para a vida de Léo eram outros e eu precisava aceitar essa realidade.

Paul foi quem conversou comigo por mais tempo, ainda que não nos falássemos mais todos os dias, ele curtia e comentava minhas fotos nas redes sociais. De certa forma, nunca perdemos totalmente o contato, volta e meia trocávamos uma mensagem ou outra, mas logo ele formou a própria família e seguiu sua vida. Também não sei dizer como ficou a amizade entre ele e Léo, fiquei curiosa por um tempo e até pensei em perguntar ao Paul, mas acabei deixando a ideia para lá.

Com relação a mim, voltei à minha rotina, às atividades na Comunidade que eu frequentava e comecei os estudos da universidade da minha própria cidade. Nunca mais arrisquei a carreira de modelo e fui tomando outros rumos conforme a direção do Soberano. Ainda assim, apesar de eu nunca mais ter retornado a Paris, não significa que não passei por novas aventuras. Afinal, o extraordinário não está nas grandes mudanças, e minha vida estava apenas começando.

O INIMIGO

Eu tentei impedir de todas as formas que o grande propósito de Camille se cumprisse e que o dom que ela recebeu do Soberano se manifestasse, mas eu falhei. Apesar do meu astuto plano, a fé da garota se fortaleceu e transbordou de tal forma que levou Léo a se aproximar da Luz e receber a verdadeira liberdade.

Não obstante, todos os nossos esforços em impedir que a garota cumprisse o seu grande propósito falharam: Camille, anos depois, se tornou mãe. Mas essa já é uma outra história.

AGRADECIMENTOS

Eu acordei pela manhã após um sonho que revelava a imagem de uma jovem garota com um leão ao seu lado a defendendo de um rapaz e seu cachorro. Tentando compreender aquela cena, tive a revelação de que os animais eram a representação de uma batalha invisível que envolvia aquela menina.

A partir dali senti que havia sido chamada para abrir os olhos espirituais das pessoas através da escrita. Naquele instante nasceu o livro *A Dimensão Eterna*, que não teria sido possível sem algumas pessoas essenciais da minha vida:

Ao meu marido, Danilo, sem ele este livro não existiria.

Aos meus pais, Judru e Ligia, sem eles eu não amaria tanto a leitura.

À minha amiga Ariane e à minha irmã Heidy, sem elas eu não teria continuado.

Aos meus pastores, Karina e Washington, sem eles tudo seria mais difícil.

Aos meus sogros, Sandoval e Eliana, e aos meus cunhados, por sempre acreditarem.

FONTES Loretta e Scotch family
PAPEL Papel Pólen Natural 70 g/m²
IMPRESSÃO Geográfica